la Quercia e il Tiglio

Giulia Alberico

Anna e i mesi

e altri racconti

Galaad Edizioni

Published by arrangement with Walkabout Literary Agency

Giulianova (Teramo)
www.galaadedizioni.com

ISBN 979-12-80737-45-8

Indice

Anna e i mesi
e altri racconti

A Giulia, sempre a lei

Sola, non posso stare –
mi vengono a trovare
ospiti che eludono chiave
e registrazione –

Senza vesti, né nomi –
o calendari – o climi –
hanno case comuni
come gli gnomi –

Il loro arrivo è annunciato
da corrieri interiori –
ma la partenza è ignota
ché non sono mai partiti –

(Emily Dickinson, *Poesie*)

Anna e i mesi

Dicembre

Anna per andare al lavoro ogni giorno prende il treno urbano alla fermata Appiano e scende a quella di Trastevere. Poi sale sull'otto. Un paio di fermate ed è arrivata.

Sull'otto ci sono sempre degli zingari che suonano la fisarmonica, e quando lei entra è avvolta da *Cielito lindo* o da *La vie en rose*. Certe volte, mentre il tram corre veloce, guarda fuori dai finestrini: i platani, la gente, i palazzi. Ascolta la musica e pensa che può fingere di essere altrove, in un'altra città. Anche Parigi, per esempio.

E quelle volte si sente – per il tempo delle due fermate – leggera, le viene persino da canticchiare. Solo però se suonano *Cielito lindo* o *Guantanamera*. Se è il repertorio della Piaf le sale un groppo alla gola che le fa avvertire la mancanza di qualcosa o di qualcuno. Ma non sa bene di chi o di cosa, adesso che è approdata a un tempo fermo perché tutto è accaduto.

Era una professoressa ma ha smesso. Mille ragioni per farlo ma in certi momenti nessuna sufficiente a impedirle il rimpianto. Le manca non poter parlare di letteratura, le mancano i libri dove c'erano le ottave del *Furioso*. Le mancano le emozioni che quelle parole le trasmettevano e che era spesso riuscita a passare a chi la ascoltava. Ma questo era diventato, con gli anni, sempre più raro.

Dove ora lavora nessuno sembra avvertire la mancanza di quelle parole.

Lei non si accorge più da tanto tempo né del bello né del brutto.

Ha spento un ricevitore dentro di sé, allo stesso modo con cui ha spento la televisione, allo stesso modo con cui non compra né legge più il giornale.

«Non mi interessa» è la risposta che dà a chi, ogni tanto, le chiede il perché.

Non fa altro che ripetere lo stesso percorso, le stesse strade, gli stessi gesti.

Immutabile e nota, prevedibile e vuota è la sua vita. E questo conferisce ai suoi giorni non grigiore o malinconia, ma la sana, forte solidità dei riti.

Tenersi lontana da ogni cosa che sappia di cambiamento o di novità è stata una scelta spontanea, indolore, semplice.

La sveglia suona sempre alle sei e un quarto. Il treno è sempre quello delle sette e trentuno. Il tram, alla stazione di Trastevere, quello delle sette e cinquantasette.

Poi tre minuti e scende in via Carlo Porta e s'avvia a passo svelto al numero civico trentasei. Ascensore, settimo piano, il suono sibilante del *badge* a timbrare l'entrata e, subito, a sinistra, la sua stanza.

Anche i gesti sono sempre quelli. Col cambio delle stagioni qualcosa è cambiato perché adesso è inverno e appende il cappotto o l'impermeabile in un armadio. Sempre, comunque, dopo aver poggiato la cartella da lavoro ai piedi della scrivania.

Dalla borsetta tira fuori il cellulare e lo poggia nell'angolo a sinistra della scrivania. Nessuno la chiama, o quasi.

Nella memoria del cellulare c'è una telefonata ricevuta alcuni mesi prima. Anna digita il quattro-nove-uno-nove e la stessa voce metallica dice: «La sua segreteria non contiene messaggi. La sua segreteria contiene un messaggio precedentemente archiviato. Per ascoltare i messaggi prema "uno"».

Lei esegue i comandi e la voce archiviata ripete: «Amore, richiamami se vuoi. Ti voglio bene».

Dopo aver ascoltato questa frase digita il nove per assicurarsi che la voce resti nella memoria della segreteria telefonica.

Quelle parole non significano niente, ma è tutto quello che le è rimasto di una storia di anni. Misura, riascoltandole, la loro assoluta insignificanza e l'incoscienza dell'uomo che le aveva pronunciate. Lei non lo aveva richiamato, aveva pensato di farlo il giorno successivo ma il giorno successivo le fu impossibile.

E così da quella sera lei ha spento un interruttore dentro di sé. Ogni tanto, al lavoro, qualcuno ha rischiato di far crollare il mondo scandito e vuoto che lei difende con tanta cura.

Una volta era stato il giovane archivista che – chissà perché – le aveva regalato un compact con certe canzoni di Franco Battiato. La raccolta si chiamava *Les Fleurs*.

«È per te» le aveva detto il giovane collega. E lei aveva sorriso, ringraziato. Sorpresa e grata. A casa aveva ascoltato il compact con attenzione, sdraiata sul letto.

Quando la musica e le parole erano finite lei aveva riposto il disco nella custodia e aveva deciso che non lo avrebbe ascoltato più. Non nell'immediato, almeno.

Perché la chiamava a pensieri che lei non voleva più avere, la chiamava a parole che aveva espunto dal suo vocabolario. Non poteva permettere che quella musica facesse breccia nel muro di cinta entro il quale aveva sistemato sé, i suoi giorni, i suoi gesti, i suoi bisogni essenziali.

Un'altra volta era stato con un collega, anche

questo giovane e garbato, dai bei maglioni chiari come i suoi occhi.

Le aveva raccontato di una sua vacanza a Besançon, di un incontro con una ragazza veneta, di certe sere passate a parlare fitto fitto con quella ragazza mai più rincontrata. Era un ricordo molto intimo e dolce e mentre glielo consegnava aveva fatto, con assoluta, totale innocenza, una carezza sulla spalla di Anna.

Lei aveva avvertito il tocco rapido e leggero di quella mano e le erano salite – impreviste, imprevedibili – lacrime agli occhi. Era stato difficile ricacciarle indietro. Per un attimo aveva temuto di non riuscirci. E il giovane collega forse le avrebbe chiesto il perché e lei già preparava una risposta qualunque. «Dio» aveva pensato, «non mi far crollare proprio adesso.» E non crollò.

Da questi due episodi Anna ha ricavato indicazioni per evitare ancor più il mondo.

Cerca di star sola nella stanza, se proprio non può si immerge a testa bassa tra le carte e tra i libri.

Un po' di scuse all'inizio per evitare situazioni conviviali – una cena, un'uscita, un invito a teatro – ed era bastato perché arrivasse a tutti un messaggio chiaro: «Voglio stare da sola».

E così va avanti, certa d'aver trovato il modo per rendere inoffensivo il tempo, per svuotare il futuro e, dunque, mettere sé stessa al riparo.

All'ombra dei ricordi aspetta che un altro tempo incominci.

Lei non ride mai e la sua voce ha sempre lo stesso tono. Latteo.

Notti fa ha sognato di essere a Sovana.

Da qualche tempo sogna spesso dei luoghi dove è stata felice, e nei sogni è sempre inverno. Forse è un buon segno, pensa Anna. L'inverno è la stagione che chiude il cerchio di un anno che sta per finire e, forse, questo se ne sarebbe andato portandosi via il dolore della perdita di Dario e il vuoto sarebbe diventato una cavità quieta. Storia e basta.

La sua mente e il cuore sarebbero stati di nuovo calmi, distanti da ogni vertigine.

Lui le manca ancora, è rimasto sempre lì davanti e dentro e sopra di lei. Nell'agenda, travasata da quella dell'anno precedente, conserva una foto scattata con la Polaroid. Lei è appoggiata a un albero di ibisco che pare crollare sotto l'esplosione dei fiori, è un giardino di Procida. La foto è invecchiata e i colori virano al giallo-rosso.

Gennaio

È inverno. Il gelo della stazione di Trastevere, bottiglie di birra vuote, barboni con lo sguardo vuoto, uomini e donne come tanti soldatini. Tutti in fila: unò-duè, avanti march!! Allineati e coperti, giù, dodici scale, fianco sinist-sinist! Unò-duè, avanti march! Fianco dest-dest!

Fuori. Aria. Tutto grigio. Cappotti grigi, macchine grigie, l'autobus arancione è coperto di polvere grassa e nera, anche il vetro dei finestrini è sporco. Odore di polvere, scarichi di gas, odore di treni. Resistere. Pensare che c'è altro. Che cambierà.

Le facce sono maschere, ghigni. Gli occhi bovini. Tutto è una recita, ma ce lo si dice in pochi. Fermata di Valle Aurelia, un fiume umano, le facce fisse in uno sguardo che guarda a terra o davanti, verso dove e cosa non si sa. Tutti in silenzio. Avanti march!

Il mondo le pare impazzito. Persino la sua bilancia è impazzita. Da un po' di tempo non segna più il peso, fa sempre zero. Forse però ha un'anima e vuole dirle davvero "peso zero".

Nel posto dove lavora, al vertice dei vertici di comando, c'è una donna che Anna chiama, dentro di sé, "la regina delle nevi". Non sa dire perché le è venuto da chiamarla così.

È una donna alta, bella, con due occhi chiari e fermi, i capelli neri che le arrivano agli zigomi. Lisci, folti. Ogni tanto, mentre parla, scuote la testa per mandarli indietro e allora i capelli fluttuano per un po' nell'aria e poi ricadono, compatti, intorno al viso.

La regina delle nevi occupa una stanza grande e azzurra, sempre piena di fiori.

Anna ci è entrata sì e no quattro volte. Non è facile entrare nella stanza grande e azzurra della regina delle nevi. Ci sono tre segretarie che la difendono. Con garbo, con un sorriso, ma sono lì a proteggere il silenzio e l'isolamento di cui la regina ha bisogno per lavorare. Sono come le tre fate della fiaba della bella addormentata, pensa Anna.

La regina delle nevi ha un timbro di voce metallico, sa di rame. Anna pensa che sia molto brava nel suo lavoro ma anche che, forse, è tutta e troppo nel suo lavoro.

Ha un marito, una figlia, sicuramente amici e parenti, ma deve vederli poco perché è sempre nella sua stanza grande e azzurra. Ne esce solo per appuntamenti di lavoro. E quando è sera e i corridoi si fanno deserti e anche il rumore della macchina fotocopiatrice è cessato, la regina delle nevi è ancora lì.

Anna vede dalla porta appena appena schiusa un filo di luce. Forse legge, forse parla al telefono, forse scrive, forse pensa. Ma a che penserà la regina delle nevi?

Anna parla tanto dentro di sé. Mentre aspetta il treno per rientrare a casa, mentre sale con l'ascensore, persino mentre ascolta la sua dirigente che le fa concitati discorsi su commissioni di settore, gruppi di lavoro orizzontali, verticali, allargati, ristretti, operativi...

Lei ha imparato a fingere attenzione e sta composta, accenna di sì con la testa, a volte fuma una sigaretta e prende anche qualche appunto. Ma intanto parla dentro di sé e dice: «Giorni della gioia e della serenità, tornate! Mi avete abbandonato da tanto tempo, è sempre inverno e adesso può bastare. Che le parole del dolore escano dalla mia mente impazzita che sbatte contro i muri delle stanze, che parole morbide come piume di pulcino, chiare come il tenero verde delle foglie nuove tornino a fiorire nella mia bocca, che l'aria riprenda a circolare e non sappia più di gelo. Ne ho avuto tanto di gelo e nebbia e umido e freddo. Adesso nasca un altro tempo, quello di una pacata dimenticanza, quello di volti e cose che sanno di vita che ricomincia. Vi prego, giorni chiari, tornate!».

Anna teme di precipitare nella follia perché ogni tanto, quando Dario le manca troppo, gli scrive mail vuote. Solo mittente e destinatario e, dentro, lo spazio bianco, quello della follia. Il suo gatto lo sa. Le si acciambella vicino di notte, la tocca con una zampa, vuole che torni. Ma lei in quelle notti insonni va via, parte. Pulita, composta, vuota e bianca come le lettere che continua a spedire. A volte pensa che deve dire a qualcuno quello che le succede.

Certi giorni si mette d'impegno, si sforza di tornare in mezzo agli altri e pensa che un modo per farlo sia ascoltare le conversazioni tra gli sconosciuti che aspettano sul binario quattro il suo stesso treno, o sul treno stesso, mentre corre veloce, e altri sconosciuti la circondano. Pensa che la realtà è questa, dunque se ascolta gli altri si distoglie dai suoi fantasmi e dalle sue ossessioni.

Ieri sul treno una diceva: «Sono nata ad Asmara» e l'altra: «Ma allora che c'entra la Grecia?», e una terza: «È il padre che è greco».

Quella di Asmara è carina, rossa di capelli. Quanti anni avrà? Sui quaranta, pensa Anna.

Così, per settimane, Anna si impegna ad ascoltare le conversazioni degli altri. Sono scampoli di vite di cui ignora tutto. Il prima e il dopo. Solo quelle parole lì, in quel momento lì. E si sente una ladra.

Smette anche questo esercizio e accetta di galleggiare nel tempo fermo che è quel suo tempo. Lei stessa è uno scampolo nella sua stessa vita.

Anna sa che c'è un ordine nel tempo, che il prima precede il dopo, ma ha l'impressione che l'ordine si sia disfatto, alterato. Non sa come ripristinarlo e perciò aspetta che vada a posto da sé. Si sente Ofelia nel quadro di Millais e un giorno lo dice al ragazzo di Besançon.

Lui, che non sa niente di lei, le risponde calmo: «Ma che dici? Sei solo piena di rabbia».

Febbraio

Poche cose catturano Anna nel palazzo dove lavora. È così per madame Zarowsky che è sempre lì lì per arrivare da Parigi e che non arriva mai. È tutto un sentire il suo nome: «Ha telefonato madame Zarowsky. Bisogna mandare un fax a madame Zarowsky. È stata confermata la data d'arrivo di madame Zarowsky?».

E Anna, senza darlo a vedere, sta attenta, per sapere quando arriverà.

Vuole proprio vedere il viso della donna che ha per nome Marie Louise Zarowsky, perché dentro di sé ha costruito un piccolo romanzo su madame.

Ne ha parlato solo al ragazzo che è stato a Besançon. Di altri non si fida, forse la prenderebbero per matta, o forse no. Ma, nell'incertezza, meglio non parlare del romanzo su madame Zarowsky. Il ragazzo di Besançon le dà fiducia.

Le panchine. La rincorrono. Sono loro che trovano Anna. E lei siede spesso su una panchina. In silenzio. E disperata.

Poi, a seconda delle giornate, fa le cose di sempre. Sta molto in casa, spesso alle nove di sera è già in camicia da notte e allora va a letto, legge un po' e poi, spenta la luce sul tavolino, scivola in un sonno senza sogni.

Altre sere – è troppo presto per andare a dormire – sfaccenda per casa, annaffia le piante, riordina i suoi appunti sparsi sulla scrivania, oppure si immerge nella vasca da bagno, in un'acqua tiepida e profumata e sta con gli occhi chiusi fino a che l'acqua diventa quasi fredda e, solo allora, riapre gli occhi e si decide a uscirne.

Sono mesi crudeli e dannati.

Anna riempie i quaderni del suo dolore, il cervello non smette un minuto, il tempo è implacabile.

L'ora del lupo non è quella della notte fonda, ma lo spazio immenso del primo pomeriggio. Sta fissa per ore vicino ai vetri di una finestra, gli occhi sul verde dei rami, il bianco delle case, l'azzurro del cielo.

Marzo

La mente di Anna scivola indietro, va verso i giorni che sono stati e non può dubitare che quella era lei. Pure, altra da sé è la donna che rivede e che ride, sfiora l'argento delle posate, il cristallo dei bicchieri. Altra è la donna che va, sicura, per le strade umbertine di Prati.

Dario, Dario, Dario... La mente è un nastro che scivola indietro, un *tapis roulant*.

Anna, nelle lunghe ore in ufficio, ogni tanto appoggia la testa sull'alto schienale della sedia, le mani sul piano della scrivania e scivola indietro anche lei – per un po' – come la sua mente. Si accomoda in modo da poter quasi assecondare col movimento del corpo l'altro movimento: quello dei ricordi e dei pensieri.

Ricorda che la strada per incontrare Dario, al tempo del loro amore, la faceva a piedi.

Era sempre difficile trovare parcheggio e, in fin dei conti, la distanza era relativa. Così percorreva il viale fino al fiume e poi, attraversato il ponte, imboccava la stradina che correva parallela al Tevere. Si fermava quasi sempre qualche minuto a metà del ponte, per accendere una sigaretta, e guardava giù, l'acqua del fiume.

Anna aveva visto le stagioni andare e tornare e aveva imparato a cogliere i presagi di primavera in certe luminescenze dell'acqua, in un accenno di verde nuovo che portavano le robinie. A giugno il profumo dei grappoli bianchi stordiva e poi bastava un vento leggero per coprire i marciapiedi di un tappeto di sfatti bocci bianchi. Era quello il segnale che la partenza per le vacanze era vicina.

Ricorda un'alunna che aveva il nome della figlia di Dario: Cecilia. Era stupido ma si sorprendeva a guardarla come se avesse potuto, solo per il fatto di chiamarsi così, portare qualche traccia di lui.

Non aveva mai dubitato che il tempo a venire l'avrebbe vista con Dario, che ci sarebbe stato un posto, un giorno, in cui tutto sarebbe stato semplice. Non sapeva dire come, ma sarebbe stata con lui. Avrebbe mangiato con lui, dormito con lui, camminato per strada con lui. Non erano state mai eccezionali le sue fantasie.

Si vedeva insieme a lui in momenti normali, banali: in macchina, lui alla guida e lei accanto, in una serata di prima estate a spasso per le strade di Roma, mentre lui versa il vino in un bicchiere, o compra i giornali dal giornalaio. E lei vicino.

Pensa che questi pensieri le hanno riempito gli anni e ingannavano l'attesa di un niente.

Pensa che non è mai stata una capace di fare piazzate, né di spingere altri a prendere decisioni, non almeno di quelle che cambiano, insieme alla propria vita, l'esistenza di chi ti vive accanto. Poteva parere una di altri tempi, ma non era per solidità di princìpi, era per una sorta di viltà.

Dunque come avrebbe potuto mettere Dario di fronte alle sue ambiguità, al suo volere e disvolere, se non riusciva, lei per prima, a essere certa di alcunché?

Ricorda la chiara disinvoltura con cui Dario aveva pronunciato una frase copiata da *In cerca di Mr. Goodbar*: «Abbiamo avuto una bella e lunga storia insieme. Adesso è venuto il tempo di cambiare».

Ma allora non aveva voluto capire.

Adesso che fa il gioco del *tapis roulant* pian piano emergono dal magma quadri più chiari, pezzi di lava che prendono forma.

E Anna capisce che non aveva voluto capire. Eppure c'erano tutti gli elementi per capire. Da mesi.

Ricorda che era stato il fratello di Dario a chiamarla per dirle dell'incidente. Era corsa in ospedale ma Dario era già morto. La velocità eccessiva, forse un colpo di sonno...

Nella sala d'aspetto dell'ospedale le avevano chiesto se fosse parente di Dario o della signora che era con lui.

Anna era venuta a sapere così che Dario era in compagnia, che era morto in compagnia.

Il signore alto e magro con il blazer blu era il marito della signora. I loro occhi si erano incrociati ma nessuno dei due aveva pensato di dire alcunché.

Il *tapis roulant* finisce di scorrere e Anna si mette di nuovo eretta.

Riprende in mano le pratiche.

Aprile

Anna si accorge che la terra ha ruotato intorno al sole perché il piazzale della stazione di Trastevere, al mattino, è largo di luce. Il piazzale sembra meno squallido, meno capolinea di autobus e tram, meno sporco di macchie d'unto e di grasso sul selciato. Forse è sempre quello, pensa Anna, ma la luce spinge a guardare in alto. E in alto vede che tutto è più pulito e più chiaro.

Quando è sul treno Anna guarda le vetrofanie incollate alle porte dei vagoni. Rosse palle di Natale, rossi abetini, rosse scritte "*Season's greetings*". Anna pensa che sono così incongrue, così fuori stagione, adesso che la terra ha ruotato intorno al sole e a piazzale Flavio Biondo c'è una luce dorata alle sette e cinquantasette del mattino.

Chissà se qualcuno le toglierà!

Il ragazzo che è stato a Besançon smuove il suo lago. Una mattina che chiacchierano di cose qualunque e lei si distrae. Le accade spesso. Guarda fuori dai vetri, per qualche secondo, incantata. Allora lui le chiede: «Che pensi?». E lei: «Vorrei andare al mare». «Perché non lo fai?» risponde lui.

Anna resta interdetta, sorride e parla d'altro. Ma, sul treno, mentre torna a casa, ripensa a quel "perché non lo fai?" e le appare così semplice.

Perché non ci pensava davvero alla possibilità di fare quel che desiderava?

Maggio

Anna pensa che deve fermarsi, deve rimettere ordine nella sua vita. E ordinare una vita significa – sempre – ripercorrerla, forse tornare dove tutto quello che si è ha avuto inizio.

Anna ha preso dieci giorni di congedo dal lavoro ed è tornata nel paese dove è nata. Maggio è il mese più bello per tornare, lei lo ha sempre pensato ma, per anni, non lo ha mai fatto.

Adesso è contenta di essere lì. L'aria è fina fina, il tempo non riserva sorprese, si è dolcemente aperto a giornate lunghissime, con una luce che fatica a scomparire alla sera e sempre più allude a giugno, quando è già tempo di vacanze e arrivano i villeggianti. Allora il paese cambia faccia.

Anna è arrivata e si sente come sulla prua di una nave pronta a salpare, perché è in alto, sospesa su un colle che guarda il mare e la invadono i colori del cielo e dell'acqua e il verde delle vigne e il bianco delle case.

Si fermerà dieci giorni e se avrà fortuna di sera i tigli le manderanno il loro profumo e col buio forse ci saranno le prime lucciole.

Anna ritrova certi cieli chiari che le calmano l'anima, riascolta le voci di vetro delle contadine che vendono in piazza.

Il suo paese è tutto come lavato, pulito, sa di panni stesi.

Anna prende la via che va a Fontanelle. I cigli della strada sono pieni di papaveri e di borragine, lascia la macchina e cammina, sente il rumore dei suoi passi.

Quando sta calando la sera va al belvedere. Si mette seduta su una panchina e sta lì senza fare nulla, guarda solo davanti a sé e si sente leggera e le pare di capire perché quel posto dove è nata le ha trasmesso una vaga idea di oriente, di porti, di viaggi, di mondo.

Scende al mare per la stradina tra le robinie. Gli stabilimenti balneari hanno riaperto, i bagnini lisciano la sabbia e il mare è lì, con certe onde piccole e dolci, pare l'immensa capigliatura di una donna.

In spiaggia c'è poca gente. Il mare adesso è bello, tra un mese o poco più sarà quello che è da tutte le altre parti. Adesso è solo terra e acqua, acqua e terra.

Di pomeriggio siede pigramente in piazza, l'orologio batte le ore e i quarti sulla facciata del vecchio municipio che pare il fondale di un palcoscenico. Guarda la gente che passa, alza gli occhi verso i balconi che strabordano di gerani e le pare di capire tante cose, non solo di questo posto, ma anche di sé.

Anna deve riprendersi da un dolore.

Pensa che il deserto deve essere come i mesi che

ha vissuto. Non sai più dov'è il nord. Cammini come un ubriaco o un pazzo. Speri. E poi non speri più.

Giugno

Anna va in ufficio, è una mattina come un'altra. Tutto pare come sempre, solo che sulla sua scrivania c'è un cestino di ciliegie. Le ha portate il ragazzo di Besançon. Dice che le ha comprate, venendo, al mercatino all'angolo

Le ciliegie sono lucide, immobili e rosse. Anna le guarda a lungo. Si stagliano sullo sfondo della finestra e spandono una luce silenziosa. Per quanto Anna faccia i gesti di sempre – posa il cellulare, poggia la cartella, accende il computer – loro richiamano il suo sguardo. Lei le osserva, catturata dalla loro perfezione. Tonde, rosso cupo, così turgide, così concrete, così semplici.

La giornata è diventata di colpo diversa, per via delle ciliegie. Sono così perfette! Imitano il cielo.

Anna sente che il gelo si scioglie e si consegna fiduciosa e incredula a quel niente che le mandano le ciliegie e che, pure, ha iniziato a sgombrarle l'anima.

Cantico per Yvonne

Domani tornerai qui e troverò il coraggio per dirti le cose che ho taciuto per tanti anni. Ma in attesa del tuo arrivo, in questa notte che mi separa dal rivederti, voglio scrivere del mio muto amore per te che ho conservato scioccamente per una vita. Sigillato.

Sei stata da sempre un mistero grandioso e inaccessibile, mai ho osato le parole che ora sgorgano dal mio cuore di vecchio scapolo di paese, da tutti conosciuto ma a tutti murato nel mio segreto amore per te.

Tu ritorni, lo hai detto con voce ferma e chiara, ritorni alla masseria del biancospino e non andrai più via. Ho avuto un sobbalzo, eppure, lo so, era questo il miracolo che attendevo da vent'anni. Non lo dicevo più neppure a me stesso, dacché eri andata a vivere lontano, con un marito che forse hai amato, ma ho avuto sempre la convinzione che fosse, allora, solo l'occasione per chiudere con questo posto.

Questo posto: non me ne sono mai allontanato per la bellezza, non potevo immaginare di vivere altrove, eppure non sono nato qui, ci sono arrivato per caso. Ma esiste il caso? Ero un giovanissimo medico condotto, tu un'adolescente. All'inizio solo un nome. Eri la Yvonne della masseria del biancospino, la figlia del più grosso proprietario terriero, strana – dicevano tutti – matta. Orfana di madre, eri stata allevata dalla sorella di tua madre, zia Fiorina, che s'era installata nella masseria di tuo padre e che ha dominato finché è vissuta le vostre vite, come un demonio.

Quando t'ho incontrata, la prima volta, ho pensato subito a due versi del Cantico dei Cantici: "Le tue labbra sono un filo scarlatto / desiderabile è la tua bocca". Ed è sempre con le parole del Cantico che ti ho pensata e vista, desiderata e attesa. Per questo stanotte scriverò per te un cantico d'amore. Ora che stai per tornare. Scriverò tutto quello che so della bambina che eri, dell'adolescente che ho conosciuto, della donna che ho visto amare un altro e patirne l'abbandono, di quella tua vita che è stata, finché sei rimasta qui. Ho fatto miei i tuoi ricordi, quelli che nel tempo mi hai consegnato. Sono la parte di te che non s'è mai allontanata.

Il tuo nome, Yvonne, fu un omaggio alla nonna paterna, donna Elvira, che amava Wagner al punto di chiamare i suoi due figli Sigfrido e Odino e che era una fan, nel dopoguerra, quando tu nascesti, di

Yvonne Sanson. I tuoi l'accontentarono, in questo nome inusuale, che però ti somiglia perché fa pensare a un passo di danza, a una gonna che si fa ampia ruota, a una torre testarda e potente come sei stata tu, con quelle che erano le tue follie e che a me sono apparse subito un getto incandescente di passioni, perché, come dice il Cantico, "carboni roventi sono i suoi fuochi".

Tuo padre, Odino, era restato in paese ad amministrare la proprietà. Sigfrido se n'era andato in Venezuela subito dopo la guerra. Era tornato una volta sola, nel 1953, e di lui ricordavi che ti aveva insegnato i nomi spagnoli di molte cose. Sceglievi un nome, puntavi il dito indicando qualcosa e lui tirava fuori la parola straniera. Certe volte era facile da ricordare, altre no. Col tempo erano tutte svaporate, non le ricordavi più, tranne due: *mariposa* e *tenedora*. Quando lo zio ti diceva i nomi spagnoli – di questo eri certa – era estate piena perché si sentiva, tutto intorno, l'odore amaro dell'oleandro.

La tua casa, bianca e rettangolare, sorge in mezzo a un uliveto. Sul davanti una veranda coperta abbraccia tutto il piano rialzato. Si aprono due porte persiane e, al centro, il portone d'ingresso. Il primo piano ha due grandi balconi e finestre. Sul retro una tettoia, contigua alla casa, copre un grande spazio lastricato che negli anni è stato adibito a diverse funzioni: deposito di legna e carbone, bombole del gas, provviste per la casa, semenzaio.

Grande e solida, la casa ha un viottolo di accesso fiancheggiato da alberi di tiglio e tre tigli sono anche sul lato destro, quello dove affaccia il salone ad angolo del piano rialzato. Non c'è mai stato un vero giardino ma ciuffi di canna indica e cespugli di belle di notte costeggiano i pochi gradini che immettono sulla veranda.

Da te ne sei andata intorno alla masseria s'è inselvatichito tutto. I tigli, mai più potati, sono una galleria spessa e intricata, i cespugli di canna indica, per loro natura refrattari a contenersi, si sono allargati oltre misura sui lati della casa. Il retro, in abbandono, mostra ortiche e gramigna tra le pietre del lastricato e la tettoia è grigia e coperta di muschio.

In paese la tua famiglia è stata additata a esempio di come la malasorte può cogliere anche chi pare abbia tutto dalla vita: beni, terra, occasioni. La gente s'era abituata a quell'abbandono e pensava che, prima o poi, la casa, con la campagna, sarebbe stata venduta. L'unica erede di Odino eri tu, Yvonne, ma da anni eri lontana.

Andare d'accordo con Fiorina era un'impresa disperata per molti. Ero il suo medico, lo so bene. Finché ha vissuto ha dominato la casa, le terre, i coloni, e lo stesso tuo padre, che un po' per necessità un po' per temperamento accomodante aveva pian piano lasciato alla cognata le redini di tutto, incapace di opporsi, murato nel dolore della vedovanza. Forse Odino l'aveva capito che mettersi la cognata in casa era stato un guaio, però come avrebbe potuto restare da solo? Con una bambina tanto piccola, la masseria così grande, tutte le cose da fare, senza una donna in casa...

Te sì, ti amava, moltissimo, ma eri stata una bambina difficile Yvonne, lui temeva i tuoi comportamenti. Aveva finito per delegare a Fiorina la tua educazione e, così, si era ritirato in buon ordine e interpretava una parte di secondo piano nella sua stessa vita, una specie di comparsa. Muta. Il ruolo di padrona di casa Fiorina lo mise in atto subito dopo la morte della sorella. Ricevette alla masseria una processione di condoglianze. Non c'ero ma immagino le visite, per giorni, le conversazioni sussurrate, i discorsi, i caffè offerti. Tu dov'eri mentre si svolgevano queste cerimonie? Forse nella corte tutta bianca, abbacinante, araba, con le petunie nelle aiuole, i tre alberi di limoni, in cucina il tic tac dell'orologio? Forse parlavi già allora con le piante?

Vedo la ruota di pavone di Fiorina che si dispiega, la recita perfetta. Quante prove aveva già fatte? Tutto bene, tutto sotto controllo. I riflettori puntati, la ruota si snoda, superba e fiera. I convenevoli, le parole d'occasione, tutto come nei copioni da lei amati. Il consólo è una cosa che dura settimane. La quantità di zucchero e caffè portata dalle persone in visita bastò per un anno.

Crescevi ed eri sempre più strana. Prima di conoscerti seppi che parlavi da sola, forse alle piante, forse ai gatti, una ventina, che circolavano per la masseria. Eri oggetto di scherno e di scherzi da parte dei ragazzini del paese. Su di te, negli anni, sono fiorite leggende. Da lontano ogni tanto qualcuno ti scorgeva, ma i resoconti degli avvistamenti erano discordanti. C'era chi diceva che tu indossassi sempre galosce di gomma, estate e inverno; chi invece giurava di averti vista sempre scalza. Tutti raccontavano di capelli neri, ricci e scarmigliati e, da quando eri sbocciata come donna, di un rossetto color fuoco che rendeva la tua bocca, insieme al nero corvino dei capelli, la cosa più visibile del tuo volto, anche da molto distante.

Chi ti aveva conosciuto da bambina ricordava bene certe tue stranezze: nei giorni di pioggia, a scuola, piangevi disperata perché temevi che nessuno venisse a prenderti. Poca consolazione ti veniva dalla maestra che ti rassicurava: t'avrebbe portata lei stessa a casa, era assurdo disperarsi così. Tuo padre, del resto, calura o freddo di tramontana, pioggia o solleone, veniva col vecchio furgone e t'aspettava fuori dal portone della scuola. Solo qualche volta, se proprio Odino non poteva venire, mandava il colono con l'Ape. Quindi nulla avrebbe dovuto angosciarti tanto, eppure... In paese dicevano che una zia da parte di tua madre era stata davvero matta, rinchiusa nel manicomio di Teramo. Si sa, sussurravano a bassa voce, la pazzia torna a riemergere in famiglia, prima o poi. Può saltare una generazione, due, ma si riaffaccia.

«Non andare a comprare i ceci da Angiolino!» ti diceva tua zia.

«Perché?»

«Perché no!»

Questa risposta non ti bastava. Angiolino viveva in un basso che era casa, bottega, cucina, ripostiglio, letto. La porta s'apriva sul corso di mezzo che allora, alla fine degli anni Cinquanta, era ancora brutto e con certi intonaci mezzi cadenti e tracce di scritte nere rimaste visibili a metà: "...DERE, OBBEDIRE, COMBATTERE". Era stata la guerra ma le case, crollate sotto i bombardamenti, continuarono, per anni, scheletriche e tristi, a ergersi come monconi, coperte di erba muraria e capperi.

Angiolino abitava un basso in una di queste case. Sorrideva con la bocca sdentata, il viso sempre con una barba di tre o quattro giorni e portava anche d'estate la maglia di lana di pecora, fatta a mano, con le maniche arrotolate fin sopra il gomito. Le braccia secche e scure, i peli neri anche sulle falangi delle dita. Nel basso sacchi di tela pieni di ceci abbrustoliti, semi di zucca, di girasole, fave, lupini e nocelle americane. In ogni sacco un mestolo e in una conca cartocci di carta paglia di diversa misura. Da dieci, venti, trenta lire.

Chissà cos'aveva fatto di male Angiolino, però era risaputo che le bambine, ma anche i maschi, non era opportuno che andassero da soli a comprare i semi da lui. In compagnia, sì. Tu c'eri stata più volte. L'uomo aveva gli occhi vivi ed era molto cerimonioso nei modi. Il basso era uno stanzone scuro, si scendevano tre gradini per entrarvi, ma non era necessario. Bastava ordinare restando sulla porta e lui ti dava il cartoccio pieno di semi e prendeva con l'altra mano i soldi, rapido. In quel suo antro si consumavano cose che avevano a che fare con le cose proibite, come i film che erano solo per i maturi di giudizio. Forse anche cose legate ai film vietati per tutti. Chissà!

Avresti voluto sapere, chiedere a qualcuno. Ma a chi? Tuo padre era l'unico di cui ti fidavi ma un istintivo pudore ti vietava ogni accenno ad Angiolino. Quando passavi in bicicletta per il corso di mezzo, guardavi in tralice verso la porta spalancata e cercavi di cogliere qualche gesto, persona, azione che ti svelasse la misteriosa vita di quell'uomo che, per quel che ti pareva, si limitava a vendere ceci e semi. Perché mai avrebbe dovuto essere pericoloso per le ragazzine?

Fiorina seppe che, incurante delle raccomandazioni, andavi a comprare i semi di zucca da Angiolino. Ti affrontò – avevi dieci anni allora – come una furia. Poi ne parlò con tuo padre. Sentisti la discussione, ti arrivavano frasi frante. Fiorina pronunciò più volte la parola "collegio" e disse anche, a un certo punto, che era per il tuo bene sennò saresti diventata una zoccola.

Di tua madre avevi poche immagini sfocate. Un mezzo gesto, un vago odore, comunque qualcosa di molto volatile. Eri nata senza madre, mi dicevi a volte. Alle origini del tuo venire al mondo non c'era altro che un racconto che ti veniva da altri. Era zia Fiorina la femmina che da sempre avevi visto in casa. Era la tua madrina di battesimo, la zia-comare, una cosa che significava che era come e per certi versi più di una madre. Da bambina la guardavi a volte di sottecchi ma nel corpo della zia comare non c'era nulla che sapesse di quel ricordo che avevi di lana e di latte, di sudore e di fiato che erano tutto ciò che vagamente ti rendevano certa di essere stata tra le braccia di una donna che era stata tua madre.

Sei nata all'insegna di una sottrazione, mia amata, e hai vissuto sempre la vita come una festa interrotta, una gioia minata, una carezza negata, sottratta. L'antica sottrazione t'ha marchiata a vita. E ogni perdita ha solo replicato un antico discorso che oggi io vorrò aiutarti a chiudere.

"Sotto il melo io ti ho svegliata / Là dove tua madre si torceva / nelle doglie per te... / Un sigillo nella tua mente / e un braccialetto sul tuo braccio io sia."

Un giorno vedesti che zia Fiorina cementava i buchi sul muro dove si rifugiavano i piccioni. Su una scala, alta e massiccia, appoggiata alla parete della casa, armata di una cazzuola e di un secchio pieno di malta, stava sistematicamente tappando i fori.

«Zia Fiori', che fai?»

«Lo vedi.»

«Non lo fare. Dove andranno i piccioni?»

«Da qualche altra parte. Qui non verranno più.»

«Ma nei buchi ci sono i nidi...»

«Meglio, così non ne nasceranno altri.»

«Ti prego, scendi.»

«Vattene via! Non è cosa che ti riguarda!»

Pensasti che non era così, era cosa che ti riguardava eccome! La zia stava giusto murando il buco dove di sicuro c'era una nidiata quando facesti l'unica cosa che ti parve giusto fare: ti appoggiasti alla scala e la scuotesti con tutte le tue forze. Fiorina perse l'equilibrio, iniziò a urlare e precipitò a terra insieme al secchio di malta. Frattura multipla al femore. E per la prima volta si pensò che tu fossi davvero pazza.

«Questa nipote è invasata» ripeteva Fiorina. «Ha il demonio dentro, devono averle fatto il malocchio.» E così, appena si rimise in piedi, dopo la frattura del femore, un giorno ti prese e ti portò con sé da Michele, il magàro. Michele abitava fuori dal paese, in una contrada isolata, ci si arrivava attraverso una strada bianca che s'inerpicava tra vigneti e olivi. Michele era un contadino, ma da anni il suo nome era legato alla capacità di sciogliere fatture, di contrastare le malattie, di scacciare il male. A te parve molto simile, nell'aspetto, ad Angiolino e non capivi perché la zia ce l'avesse tanto con Angiolino e usasse invece un tono di voce così pacato con Michele.

«Ma che andiamo a fare?»

«Niente. A conoscere Michele.»

«Ma io non lo voglio conoscere.»

«Perché? È bravo, lui ti benedice, ti recita una preghiera e così diventi buona.»

«Ma io sono buona!»

«Tu? Ma ti rendi conto che mi fai venire il mal di

cuore e le palpitazioni ogni giorno? E la caduta che m'hai fatto fare dove la metti?»

«Ma tu stavi uccidendo i nidi!»

Fiorina continuava a guidare e non ti rispose più mentre, seduta accanto a lei, ripetevi come una lagna: «Voglio andare a casa! Voglio andare a casa!».

Michele ti mise seduta su una seggiola e ti asperse di acqua benedetta il capo dicendo: «Quest'acqua benedetta allontani da te ogni male!». Poi attaccò a recitare delle litanie. Non si capiva una parola, s'udiva solo qualche "amen" e qualche "ave Maria". Poi aprì un libro grosso e bisunto, e mentre leggeva (sempre con un borbottìo incomprensibile) faceva nell'aria dei segni di croce, tagliava l'aria davanti a te che sedevi, impettita, sulla seggiola. Dopo un'ultima aspersione d'acqua santa, rivolto a Fiorina disse che potevate tornare, se ce ne fosse stato bisogno, dopo un mese. In macchina restasti imbronciata e quando la zia ti disse: «Non dire niente a papà, questo deve restare un segreto», rispondesti: «Io da Michele non ci vengo più!».

Continuavi ad avere comportamenti strani, parlavi da sola, leggevi ore e ore e poi ti comportavi come i personaggi del libro. Portavi con te, nella tua vita, i nomi dei luoghi letti tra le pagine e ribattezzavi così la campagna e le botteghe, la casa dei coloni e le piazze del paese. Poi ci fu la storia dei tigli. Ce n'erano tre, possenti, su un lato della casa. In piena fioritura dagli alberi esalava una scia di odore forte e penetrante che entrava dalle finestre spalancate. Un giorno, uno di quelli in cui il tuo umore era stato più bizzarro del solito – c'era stata una lotta per costringerti ad alzarti dal letto dove t'eri inchiodata da tre giorni –, avevi resistito e, furiosa, avevi frantumato due madonne di Pompei e un sant'Antonio, tutti di gesso, che stavano sul comò. Eri rimasta ciondoloni in casa, da una stanza all'altra, fino al tramonto. Poi, di colpo, mentre imbrunava, t'eri diretta fuori, verso i tigli, e t'eri piazzata sotto uno di essi. Il viso beato, l'espressione di gioia, respiravi a pieni polmoni quel profumo e avevi riempito di fiori bianchi le tasche del vestito, avida, come volessi spogliare l'albero e metterne il balsamo in tasca.

"Alzati tramontana / vieni vento del Sud / Soffiate sul mio giardino / esalino i suoi aromi."

Non fu la stranezza più strana e ci passarono su. Ma continuasti, nei giorni successivi, in maniera sempre più smaccata. Stavi sotto uno dei tre alberi, poi passavi sotto quello contiguo e parlavi da sola, piano, mimando conversazioni lunghe e vibranti. Dopo tre giorni tuo padre perse la pazienza e ti ordinò di smetterla, altrimenti t'avrebbe chiusa a chiave in camera tua. Tu neppure rispondesti, e continuasti nelle pazze conversazioni sotto i tigli. Odino, un bel giorno, li fece sfrondare. Vedesti gli alberi al mattino, nudi, senza il fogliame cupo e le coccole fiorite, e mettesti in atto il primo attentato alla casa: desti fuoco al deposito dei mangimi. E fu un inferno.

Zia Fiorina ebbe, negli anni, quattro interventi alle ossa, due ai reni e uno alla cistifellea.

Preferiva l'inizio dell'estate per dare avvio ai ricoveri, alle operazioni chirurgiche, alle lunghe convalescenze. Era un modo certo e sicuro per bloccarti per due o tre mesi impedendoti, di fatto, di andare al mare. Forse per questo iniziasti a fare i bagni a fiume. Correva vicino alla masseria un fiumicello allegro, il rio Feltrino, che veniva diritto dalla Majella, e tu imparasti a immergerti nuda come un verme nell'acqua fredda del rio. Lo facevi con piccole grida di gioia. Fiorina era un demonio e non c'era alcuna possibilità di mitigare il suo cuore rabbioso. Così come aveva vissuto se ne sarebbe andata dal mondo. E ogni anno in più di vita sarebbe stato altro amaro seminato intorno a sé.

Di punto in bianco un anno ti mettesti a letto dicendo: «Mi sento poco bene». E non ti alzasti per un mese. Nessuno ci capiva nulla di quel che tu avessi e t'eri organizzata nel letto come in un fortino.

Passavi ore e ore a scrivere. Non si sa bene cosa e a chi, forse a nessuno. La dottoressa da cui ti portavano in visita a Villa Pini ti aveva detto: «Scrivi, se non vuoi parlare scrivi». E iniziasti a riempire quaderni dove travasavi la tua vitalità e la tua follia, il tuo odio per zia Fiorina e il racconto dei tuoi giorni recenti e andati.

Scrivevi come una bracciante, con sudore e fatica, lasciavi pagine a metà, parole sospese, a volte graffiavi i fogli con la biro tanto premevi sulle pagine, come potesse uscirti dal petto la rabbia per quella tua vita così mezza vita. Scrivesti anche la storia di zia Fiorina che tappava i buchi per allontanare i colombi e dell'interdetto di andare a comprare i semi di zucca da Angiolino... Mi facesti leggere quei quaderni. Ti ho conosciuta anche così. Poi, in un certo periodo, avevi cominciato a confondere i giorni con le notti e ti si poteva trovare che potavi gli aranci e i limoni sotto il cielo scuro, o che dormivi con la luce del mezzogiorno che illuminava il mondo.

Tutto questo avveniva sui vent'anni, dopo il diploma, quando i ritmi giorno notte non erano più segnati dall'andare a scuola. Una volta libera da orari legati alle aule, ai compiti, al calendario dei doveri, mutasti con facilità i tuoi ritmi, quelli del mangiare e del lavarti, del vestirti, dello stare in casa e dell'uscire.

Fu quello tutto un tempo felice per me che venivo quasi ogni giorno alla masseria per le crisi ipocondriache di zia Fiorina e per i primi, seri problemi di salute di tuo padre. Eri sempre più bella e segreta, ma nulla dei tuoi strani mutismi, delle tue ombrosità mi sconcertava. Al contrario, la tua anima inquieta mi pareva uno scrigno prezioso.

"Tu sei l'Oasi sprangata / sorella mia e sposa / La Sorgente Turata / La Fonte Sigillata."

Andarono via le stagioni a passo di marcia e tornava sempre primavera. Un giorno, con un cielo barzotto che piove e schiara, ti chiedo di fare una passeggiata fino al promontorio, dove iniziava il bosco che scendeva giù, fitto, fino al mare, trasformandosi, proprio in vista degli scogli, in un canneto folto e danzante. La luce s'era fatta tanta, i papaveri già segnavano di macchie rosse i campi, le ginestre erano gonfie e sfacciatamente gialle. Il mare, visto dall'alto, un'immensa distesa verdeazzurra. Tu, ferma sul ciglio del declivio, ti mettesti silenziosamente a piangere.

Ti chiesi perché e rispondesti: «È per la bellezza. È tanta».

Seppi allora che ti amavo. Non c'era scampo. Non potevo che amarti.

"Come sei bella amica mia come sei bella / Hai per occhi colombe."

L'attaccamento furibondo al suo corpo faceva supporre, a volte, che zia Fiorina si ritenesse destinata alla immortalità o comunque pensasse che le leggi che regolavano la vita dei comuni mortali per lei non valessero. Tenacemente avvinghiata all'andamento e alla cura dei suoi diverticoli, frequentatrice assidua di studi radiologici, ambulatori medici e ospedali vari, ti chiedevi perché non mettesse un po' d'attenzione su quell'altro oscuro male da cui, peraltro, parevano originarsi la gran parte delle sue malattie. Avevano curato te per matta a Villa Pini ma, forse, era lei quella da curare.

Quando iniziava a sabotare la vita degli altri, uno dei metodi che sceglieva era quello delle palpitazioni. Quando aveva le palpitazioni, come nel gioco della bella addormentata, ogni cosa animata aveva l'obbligo di bloccarsi perché l'unico, incombente, sinistro evento, degno perciò dell'attenzione totale, erano i suoi attacchi. Potevano durare mezze giornate, tra un flusso e l'altro. Così Fiorina le descriveva: come uno sciame di api che le entravano in corpo e, scorrendo lungo l'apparato arterioso e venoso, la scuoteva tutta, internamente, modificando il cammino regolare del sangue che, interrotto, finiva per provocare sussulti, onde, gorghi. Molte cose provocavano le palpitazioni di zia Fiorina, le più impensate. Sentir cantare, ridere, ogni opinione discordante con la sua, il fatto che tu facessi i bagni a fiume, il rosso del tuo rossetto…

Negli ultimi mesi di vita tuo padre era molto inquieto, usciva nelle ore più calde, una smania di muoversi, di sfidare la canicola come per sfuggire a qualcosa. Un agitarsi continuo, direttamente proporzionale alla fiacca che lo prendeva di colpo, facendolo sprofondare in un divano, sul letto, preda di sonni brevi e comatosi.

Quando morì provasti rabbia perché se n'era andato lasciandoti sola a decifrare il mondo. Ma l'aveva capito il danno fatto? Tuo padre era colpevole. Ti aveva aiutata a subire e non a ribellarti. Ci vollero anni perché tu mettessi a fuoco questo pensiero ma quando tutto ti fu chiaro e dispiegato molta vita era passata. Le cose ti apparvero in una luce chiara, si incastravano in un mosaico dalle forme precise, e dicevano di due persone che avevano tentato di fare scempio della tua vita. Forse veniva da lontano in loro quella spinta a piegarti, forse alle origini delle loro origini erano stati programmati per questo. Specialmente per tuo padre ti chiedevi perché non avesse provato a rompere l'ordito di una esistenza che aveva dato per immutabile e indiscutibile.

Capisti che tuo padre non aveva avuto accesso a una parola: ribellione. Non l'aveva concepita, perciò non poteva viverla. Tu invece la conoscevi, era quell'istinto di fuga, quella voglia di conservazione, quella spinta prepotente a non farti schiacciare. E l'avevi assunta quella parola nella pazzia, nel porti isolata e sola nel mondo. Era un modo, forse l'unico, che avessi a portata di mano per ribellarti. Naturalmente tutto questo ti fu chiaro solo molto tempo dopo. Dopo i tigli, dopo i bagni a fiume, dopo tutti gli anni vissuti da matta.

La cerimonia degli addii con tuo padre fu muta, una celebrazione che celebrasti da sola, con Fiorina guardiana occhiuta e stupida che volle sovrintendere ai respiri ultimi. E dopo, parlando a tuo padre assente, come quando bambina parlavi alle piante e ai gatti, gli dicevi: «Non ti mollo, voglio capire, mi devi spiegare, voglio che mi rispondi!». Lui aveva prodotto, anche con i suoi silenzi, una famiglia disgregata, claudicante, esplosa.

Odino morì un dicembre, un dicembre con una luce tale che pareva un aprile trionfante. L'aria mite, come il tempo volesse accompagnarlo, lui che aveva sempre sofferto il freddo. Tornò primavera senza che, quell'anno, ci fosse stato l'inverno.

Zia Fiorina mi faceva correre a ogni ora del giorno per le sue crisi d'ansia che descriveva con gli unici accenti di voce morbida che le si conoscessero, quasi si commuoveva durante le descrizioni. E tu pensavi, giustamente, che tutto l'odio che tua zia provava per il mondo fosse all'origine dei suoi malesseri. Era prigioniera dei suoi umori cattivi.

«Sant'Antonio fa tredici grazie al giorno» mi dicesti. Una ti doveva toccare prima o poi. T'eri messa in lista, fiduciosa. Ma l'attesa pareva non avesse fine e alla pazienza s'era sostituita una certa quale tensione, poi ira, infine avevi unilateralmente rotto col santo. D'altro canto scomodare santa Rita ti era parso eccessivo, era la santa dei casi impossibili, quelli che necessitavano un intervento estremo. E a te, in fin dei conti, serviva un intervento di portata media: che zia Fiorina avesse un colpo, anche di modesta entità, un piccolo ictus che la bloccasse nella parola. Ridurla al mutismo era, peraltro, un sogno che potevi affidare solo a un intervento celeste, visto che con mezzi umani nessuno poteva bloccarle la lingua. Da quella bocca, ormai da sempre, uscivano solo parole dure come pietre, roventi come tizzoni, amare come il fiele. Non sembrava conoscere altro vocabolario che quello nato dall'ira e dal risentimento. Ne aveva in abbondanza e in ogni circostanza, per i giorni comuni e quelli di festa, per momenti forti e quieti, stagioni dolci e stagioni di gelo. Le sue parole, sibilate come un lampo o gonfie come un torrente, restavano nell'aria, si seccavano sui mobili, si appiccicavano ai capelli, si depositavano tra i barattoli dello zucchero e del caffè. Era per porre fine a tutto questo che avevi iniziato a rivolgerti a sant'Antonio.

Dopo la morte di tuo padre, Fiorina mise in atto

con te un comportamento meno rigido, in apparenza. Ti raggelava, ti teneva sospesa, poi, quando t'aveva prosciugata di sogni, entusiasmo e voglia, scopriva lei l'eccitazione del progetto (acquisto, viaggio, incontro). E allora tu eri diventata atona, sfinita dall'attesa, ormai incurante di tutto. E così, invertite le parti e gli umori, fu tutta una dissonanza. E non andaste mai a tempo.

Su tutto, in mezzo a tutto, al di sopra di tutto, il lago – né gelido né cupo–, ma pur sempre lago, che era la tua vita in quel tempo. Senza sorprese, tanto meno di un amore. Ti tornavano spesso in mente dei versi e volesti sapere da me di chi fossero: "Sorpresa dopo tanto di un amore / Credevo di averlo sparpagliato per il mondo".

L'uomo arrivò in paese un giorno di novembre.

Era un poeta e portò gentilezza e parole nella tua vita. Mi dicevi che t'aveva insegnato a chiamare gli alberi col loro nome preciso: olmo, tamerice, tiglio, olivastro. Ti pareva un tempo nuovo, eri eccitata. Anche il rosso dei tuoi rossetti si animò di nomi. Li notavo, ti facevo i complimenti e tu mi dicevi che era un rosso geranio, carminio, cremisi, fiamma…

Negli anni del poeta ti curavi con l'entusiasmo bambino di chi è innamorato del patio e dell'orto: da lussureggianti e incolti divennero armonia nuova per gli occhi. Raccogliesti i capelli in alto e adottasti una crocchia che ti lasciava libero il collo. Mai prima d'allora il tuo profilo era stato così netto, col mento piccolo e tondo e la nuca nuda e bianca, le piccole, tenere sporgenze delle vertebre del collo, la pelle delicata, la fronte sgombra.

Ti osservavo incantato, col cuore che mi doleva, e pensavo: "Come sei bella amica mia come sei bella... Come la torre di David per i trofei / Costruita è il tuo collo... Tutta bella tu sei amica mia / Non c'è difetto in te".

Il poeta, in verità, era un ingegnere e lavorava per l'impresa Vianini che s'era insediata nella valle per costruire l'autostrada. Un nuovo mondo stava per fiorire, l'autostrada avrebbe trasformato tutto, avrebbe rotto la quiete stagnante di quella provincia, avrebbe portato facce nuove in paese, svecchiato costumi, cambiato abitudini.

Lo avevate spesso a cena. A te era parso all'inizio un narcisista, un po' tronfio, aveva monopolizzato con i suoi discorsi tutta la serata. Era un amico di amici. Capitava spesso che la masseria del biancospino finisse per ospitare tanta gente. L'uomo aveva quel tocco di mondana galanteria che era stato sufficiente a conquistare zia Fiorina. Era stato una sera, dopo cena, quando vi eravate portati tutti sulla veranda, che l'ingegnere ti s'era avvicinato e aveva preso a parlare con te. Voleva sapere della tua vita alla masseria, se viaggiavi, se ti piacevano i viaggi. Al tuo no aveva risposto: «L' avevo immaginato. Ma non sarà che la vita preferisce immaginarla più che viverla?». T'eri risentita. Cosa gli dava la presunzione di parlarti così? Il poeta ingegnere aveva svegliato in te la donna, lo vedevo, e il Cantico diceva infatti: "I fiori spuntano sulla terra / Il tempo del cantare è vicino".

Zia Fiorina non pensava certo che tu fossi in intimità col poeta ingegnere, era però convinta che lui ti volesse sposare e lo accoglieva sempre alla masseria con fare civettuolo e modi cerimoniosi. Lui, per parte sua, era con Fiorina di una sconcertante seduttività. Ne eri infastidita. Quando li vedevi tubare in scambi di graziose riverenze ti urtavi, soprattutto per lui: ti pareva di vedere un uomo diverso da quello a cui t'eri concessa. Un giorno gli parlasti del tuo fastidio: «Sembri un lacchè». Lui ti diede uno schiaffo e tu, in parte sorpresa, ma non troppo, gli graffiasti una guancia.

Forse fu per questa reazione imprevista, forse perché sulle stranezze del tuo carattere in paese nessuno faceva a meno di spettegolare, sta di fatto che, finiti i lavori, il poeta ingegnere ripartì, con vaghe promesse, per la sua terra emiliana e in un niente fece perdere ogni traccia di sé.

Ci mettesti anni per poter considerare l'ipotesi

che il poeta ingegnere, ancorché poeta, fosse un uomo bugiardo, un po' vile e, forse, poco intenzionato a volerti davvero e per sempre.

Anche quando prendesti in considerazione l'ipotesi non hai voluto approfondire il discorso con nessuno. Nemmeno con me che in quel tempo ti amavo ancora di più: "Perché l'Amore è duro / Come la Morte". Ti murasti in un silenzio rancoroso, dopo avergli spedito una quantità incredibile di lettere alle quali non ci fu mai risposta.

Il sentimento che provasti, negli anni, ogni volta che pensavi a lui, era un misto di chiaro e di ruvido. Il nome del poeta entrava, nell'attimo stesso in cui era stato pensato, come una folata di vento. Portava con sé il ricordo di una luce dorata, di pigre ore del dopopranzo, di certi crepuscoli di settembre in giardino. Poi, però, subito, a ridosso, uno sconcertato fastidio, una stizzita trafittura. E, in una dissolvenza rapidissima, precipitavano i crepuscoli, le luci dorate. Il poeta aveva minato la tua vita. Eri costretta ad ammettere che lui non era mai stato tanto presente, tanto mina vagante, quanto nel tempo di solitudine che era seguito alla vostra storia. Che ora quel nome, dopo anni, potesse – pensato contro ogni volontà – scompigliare ancora il tuo umore era davvero cosa sconcertante. Di qui la stizza. Dover riconoscere che c'era un angolo del tuo passato che poteva fare incursione nel presente, ancorché per pochi secondi, come un raggio laser. E che questo tu non potessi né impedirlo né dominarlo. Io tacevo.

"Le Grandi Acque non spengono l'Amore / I Fiumi non lo travolgono."

Sant'Antonio sembrò aver ascoltato con anni di ritardo le tue preghiere e un settembre ti concesse, tra le tredici grazie giornaliere (peraltro destinate a una moltitudine di fedeli), il privilegio d'essere accontentata. Era un tempo in cui la grazia non l'aspettavi più, te n'eri pure dimenticata. Il mutismo di zia Fiorina durò poco, un altro tocco la spedì nel mondo dei più e ti trovasti sola, padrona della tua vita e di terre, campi, negozi in affitto, masseria e soldi in banca. L'aria sembrò farsi più leggera, come la vita che, forse, sarebbe scorsa da allora in poi. Fiorina non aveva generato che pesi sul cuore, inutili, insopportabili, sconto di peccati inesistenti, unico cibo per la sua voracità senza fondo. Implacabile e non placata, aveva segnato più di una esistenza. La sua per prima, e poi quella di Odino e la tua. Senza Fiorina, restituita al nulla, tutto sarebbe continuato, ma all'insegna del sollievo.

Però non ti sentisti davvero sollevata. Proprio in quell'ultima estate di vita, con Fiorina era successa una cosa che ti aveva molto turbato. E di cui mi parlasti, qualche giorno dopo il funerale.

Eravate andate al mare, zia Fiorina s'era sdraiata

sul lettino, unta di crema, e pareva tranquilla. A un certo punto, s'era alzata ed era corsa in acqua. Tu avevi fatto in tempo a scorgere un rivolo di urina tra le cosce della zia e, per una frazione di secondo, i vostri occhi si erano incontrati. Fiorina aveva avuto una espressione di smarrimento che mai le avevi visto dipinta in faccia. Non vi eravate dette nulla, ma ognuna delle due sapeva di quel piccolo, imbarazzante evento. Una volta che tua zia fu entrata nell'acqua, restasti a fissarla. L'avevi guardata con occhi nuovi e quello che avevi visto era una donna sola. Non beatamente sola. Sola e basta. Col corpo appesantito dagli anni e dalla vita sedentaria, con quell'episodio mortificante di incontinenza. Avanzava, nel mare, fino ai fianchi e fingeva la parodia di una anziana signora che è incerta sull'immergersi tutta perché l'acqua è fredda e allora fa tre passetti a destra, cinque a sinistra, con le mani a coppa raccoglie acqua salata e la lascia gocciolare sulle spalle. Si asperge con un gesto che può sembrare lieve, di una che sta, sola, tranquillamente sola, in mezzo al mare. E invece non era né beata né tranquilla. La figura che interpretava era quella di una assoluta solitudine. Nulla di drammatico, per carità, perché era una solitudine asciutta, non derivava da un lutto, da una fuga, da un dolore. Era, semplicemente, una solitudine vuota. Come quella di un pesce rosso in una boccia di vetro che gira in tondo nel liquido trasparente, e vive lì, e sta. Ma senza scopo e senza senso.

Avevi forse trentasei anni, uno più uno meno, e la vita lì, alla masseria, ti parve così insopportabile che un giorno mi dicesti: «Me ne voglio andare. Sposerò il primo che capita». «Sposa me!» ti risposi. Facesti un sorriso e un'alzata di spalle e, guardandomi negli occhi, dicesti: «Non sarebbe giusto! Hai diritto a una che ti ami davvero».

E così, dopo un anno, accettasti un matrimonio mezzo combinato con il già maturo notaio Munafò che, avendo lontani parenti nel chietino, aveva iniziato a frequentare la costa durante le vacanze. Lo sposasti e andasti lontano, nel profondo nord. Era il 1980.

Con la convinzione che il mondo fosse una truffa, con l'idea che i sentimenti non possono essere mai gratuiti, di fiducia e abbandono, chiudesti, per quel che so, il conto con le passioni e vivesti col Munafò. Tutto sommato, non male.

Domani sarai qui. Abbiamo parlato spesso al telefono durante i tuoi lunghi anni nel nord. Non sei mai tornata, ti faceva tristezza – dicevi – rivedere la masseria, la campagna, il paese. Io sono stato il tuo amico fedele, esecutore d'ogni cosa che da questo posto potesse occorrerti: un documento, un disbrigo di pratiche, questioni di tasse. Da che sei rimasta sola ci siamo sentiti più spesso, io non ti ho mai chiesto di tornare ma ti ho parlato sempre della masseria, della campagna, del mare. Non ti ho mai detto che vado molto spesso a passeggiare fino al promontorio dove un giorno t'eri commossa per la bellezza. Voglio dirti che tutto è rimasto intatto, il colle che degrada con i quercioli fino al mare, i canneti, l'aria fina. Anzi: adesso è più bello e c'è più pace e silenzio. Da un anno è stata deviata la ferrovia e i treni non passano più a strapiombo sugli scogli. È il posto dove ti porterò, subito, appena sarai arrivata. Io ti aspetto, mia amata, e ti chiederò di starmi accanto per il tempo che resta.

"O mia colomba dei nidi rocciosi / Nascosta nei muraglioni / La tua faccia fammi vedere / La tua voce fammi sentire."

Terremoti

Un terremoto sotterra e un altro riporta a galla. È quello che ho pensato vedendo questi consunti cimeli che, qualche anno fa, sono saltati fuori dal terreno dove avevano dato inizio ai lavori per rimettere in piedi un pezzo di casa crollato a L'Aquila col terremoto del 2009. L'altro era stato il 13 gennaio del 1915, quando Avezzano sparì, d'un tratto. Diecimila morti, un'ira di Dio! Nella casa sulla piazza vivevano solo zia Cettina e il padre, il mio prozio Orlando. Nessuno dei due si salvò, né della casa restò un oggetto, nulla, tutto azzerato. Almeno così parve.

A Roma, mi raccontava nonno Peppino, fratello di Orlando, arrivarono treni di sfollati dalla Marsica. Ma lui non aveva nessuno da aspettare e ospitare. Si chiuse in un silenzio duro come una pietra e non volle più tornare ad Avezzano.

L'unica che si era salvata in quel 1915 era Onorina, la cameriera che in quei giorni da Avezzano era andata a L'Aquila da certi parenti per le feste. E all'Aquila rimase per il resto della sua vita.

Dopo il terremoto aveva scritto a mio nonno una

lettera piena di dolore in cui diceva, tra l'altro, che era riuscita a recuperare degli oggetti dalla casa di Avezzano dove s'era recata coraggiosamente e voleva sapere se poteva spedirglieli.

Nonno era un uomo distrutto, come la sua Avezzano, e le rispose che tenesse pure lei quelle reliquie, ringraziandola per la fedeltà e l'amore che aveva portato alla famiglia.

Molti anni fa tirò fuori delle vecchie fotografie e lì, per la prima volta, conobbi i parenti marsicani che erano morti.

In una foto Cettina è vestita in abito da sera, ha al braccio, appesa, una borsetta di morbido panno, forse un damasco, forse un tessuto ricamato (si intravvedono rose gobelin), il manico e la chiusura di lucido metallo, forse argento.

In un'altra foto c'è una tavola imbandita, è Natale, Natale del 1914. Pochi giorni dopo tutto sarebbe crollato. Ma nella foto la casa è in festa, la tovaglia di lino ricamata, i bicchieri di cristallo, il servizio "buono" sia di piatti che di posate. Sorridono al fotografo Orlando e Cettina, mio nonno e il figlio con la fidanzata che sarebbe diventata mia madre, i miei futuri nonni materni e, in piedi, la cameriera Onorina che s'era salvata perché era fuori dalla casa dei padroni quella notte.

Onorina aveva conservato in un cassetto qualcosa della casa di Avezzano, poi una volta morta i nipoti erano tornati a chiedere a mia madre se desiderava riaverli e avevano descritto per la prima volta gli oggetti: una borsetta di velluto col fermaglio in argento e, dentro, sei cucchiaini da dessert e quattro forchettine da dolce, sempre d'argento.

Del servizio "buono" del 1915 erano riemersi, dopo novantacinque anni, sei cucchiaini da dessert e quattro forchettine da torta, parte del servizio "buono", conservati in una borsetta femminile di velluto ricamata *a petit point*.

Tutto questo mi è tornato alla mente col terremoto altro, quello del 2009, a L'Aquila.

In uno scorcio di maggio, con un'esplosione di caldo e di luce, l'hotel, tra gli aranceti e le ginestre, è insolitamente affollato. La stagione è iniziata, di botto quando più di cento aquilani, dall'8 aprile, sono stati alloggiati qui. E, come loro, altre centinaia, migliaia di persone hanno trovato una casa provvisoria negli hotel che sorgono lungo la costa abruzzese.

Nella hall, in pieno pomeriggio – soprattutto signore e signori d'età –, alcuni uomini giocano a carte, una bella donna giovane, pantaloni chiari e camicetta verde acqua, sta, silenziosa, in una poltrona. Alcuni bambini giocano con una volontaria della Croce Rossa. Hanno tutti un fare garbato, se non sapessi chi sono la penserei gente in vacanza ma qualcosa dice che quella è un'atmosfera da finta villeggiatura. Sono troppo composti, troppo mesti, parlano a bassa voce e la donna dalla camicetta verde acqua è malinconica, si vede, è bastato incrociare gli sguardi e scambiarci un saluto: buona sera, buona sera. So che quasi nessuno ha voglia di parlare, sono riservati, chiusi in una enclave dove fingono una vita consueta, normale, ma galleggiano ancora in un tempo strano, vivono al presente, convinti (e chi può dar loro torto?) che se non si è vissuto il terremoto non li si può capire... Io vengo accolta perché sono del posto.

Vivono da sfollati. La signora Maria ha le gambe gonfie, preferisce ricevermi nella sua stanza. Sulla porta mi dà la mano e mi dice: «Si accomodi, è tutto qui!». E con un gesto mostra la stanza, ordinata ma piena di pacchi sull'armadio, sotto la scrivania, in un angolo vicino al balcone. Su un ripiano, tra scatole di medicinali, giornali e riviste c'è una orchidea. «Sono i miei ex alunni che mi vengono a trovare» fa la signora Maria intercettando il mio sguardo. Mi fa accomodare sul letto matrimoniale, lei siede di fronte a me, su un lettino. «È il salotto!» dice con un sorriso scherzoso e amaro. È laureata in Economia, ha insegnato per anni matematica, adesso in hotel i giovani non ci sono, a quest'ora sono tutti al mare ma sono tanti i ragazzi sfollati e lei, da un po', impartisce loro lezioni di matematica: «È stata la mia vita la scuola, ne ho cresciuti tanti di ragazzi! Sono gli ex allievi che m'hanno cercato e che vengono a trovarmi, gli studenti più cari, più affezionati!».

La sua odissea è simile a quella di tanti altri, perlomeno di tutti quelli che alloggiano nello stesso hotel. Scampati alla scossa tremenda nella notte del 6 aprile – lei è stata aiutata a uscire dalla casa di via Angioina, pieno centro storico, da giovani vicini di casa –, portati all'ospedale di Popoli, dimessi dopo due giorni e spediti in autobus presso un hotel di Ostia. Qualcosa però non ha funzionato, forse l'hotel di Ostia non aveva accettato la convenzione con la Protezione civile e così, nella stessa giornata, sono stati trasferiti qui, nel mio paese. Cinquecento chilometri in un giorno, stanchi, senza sapere dove sarebbero approdati.

«Dobbiamo ritenerci fortunati, nelle tende la vita è dura, soffrono, si ammalano, ci sono i pidocchi, dicono anche qualche caso di TBC. Almeno qui siamo tra quattro mura.» Le chiedo di dire quello che vuole, quello che prova. «Avevo una casa molto bella, era dei miei genitori, sono figlia unica. I mobili dei miei, una camera da letto liberty del '24, e un corredo meraviglioso, lenzuola col monogramma, tombolo fatto fare a Pescocostanzo. Quattro casse! Sa, una volta si usava. Pensavo di lasciarlo a chi fosse venuto dopo di me. Ma ho due figli maschi, nessuno dei due si è sposato...»

Incontro il figlio cinquantenne, Bruno, viveva anche lui a L'Aquila, anche la sua casa è distrutta. Entrambi zona F, rossa, centro storico. Lui ha una attività imprenditoriale. Ovviamente ha perso tutto: committenze, crediti, materiale d'ufficio. Va tutti i giorni a L'Aquila, mantiene il legame così, del resto c'è da seguire il dopo, essere informati quotidianamente.

Lei viveva al Torrazzo, zona D, lì le case possono essere ricostruite, forse.

«Come vi trovate qui?»

«Bene, il personale dell'hotel è affettuoso, ma non vediamo mai nessuno, siamo anziane e sole, i ragazzi reagiscono, vanno al mare, vanno a scuola, i bambini giocano tra loro. Abbiamo fatto amicizia qui, tra noi.»

«E durante il giorno che fate?»

«Do i punti, adatto i vestiti che mi sono stati dati, lavo la biancheria, vedo la TV, leggo» risponde la signora Maria. «Sono scappata di notte, avevo solo quelle pantofole» indica un paio di pantofole grigie, «sono l'unica cosa che avevo con me.»

Le chiedo se dorme di notte. «Poco. Stanotte mi sono fatta un pianto, mi pare di vivere sospesa, non ci posso credere a quel che è successo. Sono contenta di aver potuto piangere da sola. Da qualche giorno a mio figlio, che fino ad allora dormiva in questa stessa camera con me, hanno dato una singola. Meno male! Non eravamo abituati a questa coabitazione, sa… Spogliarsi, girare per una stanza, ognuno aveva pudore per sé e per l'altro. Sono emerse, in questo dramma, le differenti abitudini. Tutto spazzato via. Costretti a coabitare, anche tra noi, sfollati, siamo tutti insieme a pranzo e cena, ci si incontra nelle sale comuni. Ma, com'è ovvio, abbiamo abitudini diverse, cultura diversa, c'è chi si lamenta per principio. Giorni fa, il primo giorno di caldo forte, subito un gruppo ha protestato perché non erano stati attivati i condizionatori nelle stanze. Ma che a casa propria tutti, ma proprio tutti, avevano il condizionatore? Io, comunque, sto soprattutto in questa stanza, non esco mai, non sono mai andata in paese, solo una volta dal parrucchiere ma ci hanno portato d'obbligo perché s'era sparsa la voce che potesse esserci un possibile contagio di pidocchi. Non abbiamo nulla, più nulla. Nemmeno un documento. Per ritirare la pensione ho dovuto riempire un modulo e dichiarare in fede che io ero io.» E continua: «Vede? Questa gonna viene da una raccolta, questa sottoveste, questo golf, tutto, tutto quello che indosso, tutto donato».

Arriva un'altra signora, giovane, sui quaranta, gentile ma amara: «La solidarietà sta venendo meno, si capisce spesso che lo fanno perché obbligati. Siamo un peso». Quando chiedo per chi, risponde: «No, qui no, ma ci sono mille posti: agenzie di locazione, uffici, enti locali, tutto un piccolo mondo che deve farsi carico di un peso che alla lunga stanca. E anche tra noi ci si è incattiviti, ognuno pensa a sé, si cerca la raccomandazione anche per sveltire una richiesta, per accelerare un permesso...».

«E ora?» chiedo. Alzano le spalle.

«Speriamo di poter riavere una casa. Certo, le cose sono tutte distrutte...» E Maria pensa alle casse del corredo, ai mobili liberty, ai libri, tanti libri, a una fotografia di lei bambina col padre, ci teneva così tanto, la teneva sulla credenza!

Le signore parlano tra loro, si scambiano notizie di comuni conoscenti. Pare che i Nardis, famiglia d'antica nobiltà, siano anche loro qui, da qualche parte sulla costa. Il palazzo è crollato, zona F, così come è distrutta l'antichissima farmacia Carli. La povera dottoressa Carli è rimasta uccisa dal crollo. Aveva il turno di notte, era lì, in farmacia. «Bellissima donna!» mi dicono, con voce bassa, quasi un sussurro.

«Comunque abbiamo l'impressione che *davvero*, ma proprio davvero, il governo non abbia capito la gravità immensa di questa tragedia.»

Un'altra signora ha appena visto il Tg e dice: «Ho sentito che non ci cacciano, di qui non ci cacciano!». E pare sollevata.

S'è fatta ora di cena. Saluto, mi baciano, mi dicono: «Torni a trovarci quando vuole. Noi siamo qui!».

E ci siamo di nuovo incontrate in una caldissima sera di luglio. Tra sagre enogastronomiche, karaoke, mercatini di cineserie, un programma diverso: in chiesa il concerto di una corale. Se ne sa poco, un'idea del parroco, del comune... forse, non si sa. Vado, c'è gente, sono nata e vissuta in questo posto, vivo da anni lontana ma conosco molti, però altrettanti sono dei perfetti sconosciuti tranne la signora Maria e le sue amiche conosciute all'hotel. Capirò in breve che le facce nuove sono tutte dei tanti profughi aquilani ancora ospitati negli alberghi della costa. Si esibisce la Corale L'Aquila. Sono una ventina di uomini e donne, di età varia, diretti da un ragazzo magro come un chiodo e con una folta capigliatura da riccetto pasoliniano. Don Gennaro, il parroco, ha voluto organizzare una raccolta di offerte, una delle tante iniziative benefiche per questi corregionali sfortunati.

Siamo stipati nei banchi, le porte spalancate ma fa un caldo tremendo, solo il frusciare dei ventagli. Il parroco dice due parole e capisco che l'iniziativa è sua e non è sua: lui sta ospitando il gruppo della Corale L'Aquila, in gran parte franto e disperso dal terremoto, perché sono i cantori e i musicisti che hanno voluto questa serata, per ringraziare il paesino che da mesi accoglie alcuni di loro. Sono grati e vogliono esprimere questa loro gratitudine come possono: con la musica e col canto.

Entrano dal sagrato in una lunga fila, al ritmo sincopato di *Tourdion*, un canto medievale francese che mi fa pensare ai *Carmina Burana*. Percorrono la navata ritmando con gli strumenti, saltellando e cantando *Quand je bois du vin clairet*. Si fa un silenzio commovente, sono bellissimi, tutti in maglietta bianca col loro logo: il rosone dell'abbazia di Collemaggio. Capiamo subito che sono professionisti di gran livello.

Il concerto si allarga a rivisitazioni di Angelo Branduardi, a musica sacra, antichi canti abruzzesi e napoletani e infine al gospel.

Tra una esecuzione e l'altra qualcuno di loro, a turno, prende la parola, uno col barbone brizzolato e il codino, ha la voce rotta, è emozionato, si vede, lo dice. Tra un canto e l'altro, mentre uno dei coristi illustra i brani che seguiranno, si fa avanti la soprano. Una ragazza bella, con dei capelli leonardeschi, folti, lunghi, è timida, dice che non è mai lei a presentare i brani musicali: «Mi limito a cantare ma stasera mi faccio forza. Devo dire una cosa: sono qui dall'8 aprile, in hotel, questo posto mi ha accolto con una generosità senza uguali e la bellezza del mare e della gente». Non prosegue perché il pianto glielo impedisce.

Gli applausi sono scroscianti, le interpretazioni una più bella dell'altra. La voce solista della soprano dal viso leonardesco riempie le navate e la cupola con una purezza e una maestria che incutono soggezione tanto è il livello di grazia.

Il concerto finisce con una standing ovation. Non posso fare a meno di avvicinarmi al maestro per i complimenti. Parliamo un po', s'è radunato un piccolo gruppo mentre don Gennaro offre un rinfresco, chiedo di loro, della Corale L'Aquila, mi danno indicazioni, hanno un sito, sono quindici anni che girano il mondo, anche in Canada sono stati, sono appassionati di musica medievale e non solo, colti, bravi, generosi. Del terremoto non parlo: cosa chiedere che non risulti banale? S'è fatta mezzanotte, Katia, la soprano, tornerà all'hotel.

«Gli altri sono anch'essi qui?»

«No» mi risponde quello col codino, «no, noi torniamo a casa.»

Resto un attimo interdetta e mi viene da chiedere: «A casa dove?».

«Bella domanda» risponde con un sorriso il corista. «Chi sta in altri paesi lungo la costa, chi a Capestrano, chi nella Marsica, chi di qua, chi di là. Ci incontriamo tra noi per i concerti, ma abbiamo perso tutto, facciamo le prove qualche ora prima, così, nel posto dove andiamo.»

Chiedo se hanno in programma altre esibizioni.

«Avevamo una serie folta di impegni, anche all'estero, tutto cancellato. Forse in ottobre ad Asti, poi Treviso, mi pare, chissà!»

Dico che vorrei parlare col sindaco, per farli tornare.

«Magari! Chiamateci, ci date l'opportunità di incontrarci, siamo dispersi e ci troviamo solo quando un concerto ci riunisce!»

Penso alle tante squallide, orrende manifestazioni culturali che affollano migliaia di paesi e città italiani durante questa estate 2009. Mentre impazza la subcultura televisiva, unica imperante, ci sono persone che studiano musica medievale e cantano *Tourdion* così bene da restare senza parole.

Ecco: fare silenzio e ascoltare la Corale L'Aquila, questo sarebbe un bel gesto di cultura vera.

Agriturismo Treré

A Castel Bolognese arrivò nel pomeriggio, alla stazione c'era ad aspettarla un assessore comunale con la responsabile della biblioteca. Erano stati molto gentili, l'avevano portata a pranzo nell'unico ristorante del paese, il Caminetto d'oro. Lei era un po' assonnata, era stata una settimana densa, zeppa di impegni, incontri di lavoro. Il giovedì era arrivato a Roma il poeta con la sua compagna e la giornata s'era srotolata tra una cosa e l'altra come un tappeto lunghissimo. A mezzanotte aveva preso sonno con un doppio Halcion e al mattino era già in treno per la destinazione romagnola.

L'incontro pubblico sarebbe stato a sera. La accompagnarono a riposare nel luogo prenotato per ospitarla, una suite nell'azienda agricola Treré, tra ettari di vitigni a Sangiovese, sulle colline dolcissime di Faenza. C'era un po' di sole, aveva piovuto da poco ma l'aria restava freddina. I vigneti di Sangiovese fino all'orizzonte, i richiami dei pavoni, le rose, i glicini, i gatti.

Ripensò al poeta, a quella mezza giornata – pranzo, presentazione in libreria, saluti a sera vicino al bed and breakfast dove gli aveva fissato la stanza. Era stato tutto così straniante.

Il poeta era venuto a Roma per presentare in una libreria il suo ultimo lavoro. S'erano conosciuti anni prima e poi rincontrati, quasi per caso, in uno di quei festival estivi che spuntano come funghi un po' dappertutto. E lui, il poeta, era stato gentile, poi ammiccante, infine durante la cena le aveva detto, così, di colpo: «Ti amo».

Lei era rimasta stordita, muta, non era stato uno scherzo perché poi, nei giorni e settimane seguenti lui le mandava messaggi di fuoco, di un erotismo raffinato, complice.

Lei rispondeva con battute ironiche ma non bastarono più. Capì che era stata presa dal desiderio e al desiderio di lui finì per rispondere a tono.

La venuta a Roma avrebbe, lei pensava, sciolto il gioco o avviato altro. Invece tutto fu fuorché un gioco. Intanto lui era arrivato con una donna che presentò come la sua compagna. Lei, alla stazione Termini resse benissimo. Si disse: vediamo come va.

Che senso c'era nel dolore in cui il poeta l'aveva precipitata? Lei, proprio lei che non aveva mai osato chiedere il conto a nessuno! No, forse non lo amava, era questa la leggerezza che l'aveva sostenuta il giorno avanti per ore e ore, in spazi raccolti, tra pochi. Gli voleva bene, questo sì, e il bene supera ogni cosa, non chiede sconti, conti e ragioni. Forse più di un amore può cedere al lusso dello sciupìo, dello spreco.

In treno, al mattino successivo, diretta a Castel Bolognese, aveva addosso una leggera inquietudine, in testa un motivo semimodulato, un refrain, qualcosa che bussava. Ma aveva da leggere e studiare, un po' di appunti da rivedere per l'incontro pubblico che la aspettava, c'era il paesaggio fuori dal finestrino, una campagna verde e dorata che slargava il cuore. Sentiva una grande stanchezza nelle mani, nel respiro, nei capelli e, nella testa, quel refrain confuso e vago.

Furono i pavoni, furono i pavoni nel giardino di Treré che le svelarono il senso di quel che era accaduto il giorno precedente. La vanità! I pavoni erano una coppia, maestosi, bellissimi, persi l'un per l'altro in richiami gutturali. A un certo punto il maschio spiegò la coda. Il collo teso, d'un azzurro cangiante, vibrava forse per lo sforzo nell'intenso richiamo d'amore, s'ergeva potente insieme a quel grido, nell'aria umida di pioggia passata. Lei, in quel primo pomeriggio di aprile, lì, in mezzo alle vigne di Sangiovese, ebbe dai pavoni la risposta. Il colpo che l'aveva illividita, come un pugno sparato in faccia, come un sasso andato a centro, era stata la mostra di sé, la ruota che aveva dispiegato il poeta con la sua sposa. E volutamente davanti a lei, unico pubblico. Perché lo avevano fatto? Perché lei non si facesse illusioni? Era, dunque, ancora tanto evidente in lei una qualche attesa? In quale parte del suo corpo s'era impressa? In quale gesto o timbro di voce s'era nascosta? Non le pareva d'aver ecceduto. E se così non era, allora perché?

Pensò subito: gli scrivo, chiarisco, gli parlo. Ma, a ridosso, immediato, sapere che questo non l'avrebbe aiutata, avrebbe imbrogliato di più le carte. Doveva tacere. Ma intanto, in testa, il refrain aveva preso ad andare a tempo, era diventata una trenodia che parlava al poeta e diceva: vi ho preparato un letto di rose, come una regina l'ho trattata questa tua donna madre amante sorella figlia. Come una vecchia parente mi sono posta, gentile, garbata, devota. E abbiamo trovato tutti il passo giusto, non chiedo di meglio, non ti presenterò alcun conto, non c'è nulla da saldare. Le tue parole d'amore, simili a sbadigli, stanno in un luogo quieto, riposto, devitalizzato. In un cassetto, insieme a un vestito leggero color cannella e a certi sandali col tacchetto alto per un incontro che non ci fu. Ora è un altro tempo. E noi andiamo a tempo. Non mi sento né eccitata né querula. Sto. Semplicemente sto. Due sopralluoghi ho fatto nel residence Candia. Dovevate solo transitarci ma doveva essere un luogo morbido, accogliente, luminoso, semplice e comodo come una vecchia calda maglia di lana. Mi sono assicurata che ci fossero dei cuscini buoni. Solo per un istante ho pensato che stavo approntando dei cuscini sui quali mai la mia testa si sarebbe poggiata. Come forse speravo se tu fossi venuto da solo.

Quel giorno a casa sua le era parso un film, un po' surreale. Invece era tutto vero. Era andato tutto bene, tutto a tempo: le cose, le rose, i sorrisi, la sposa. Lontani i barocchi discorsi, tenute a bada le feste festose in cui sapeva di eccedere, cucciolo di cane mai cresciuto. Poi, però, c'era stato il becchettio. A tavola, nel mezzo di un discorso, sotto i suoi occhi, a mezzo metro, a un metro da lei. Che bisogno c'era? La sposa era alla sua destra, il poeta di fronte. La sposa si era sporta verso il poeta, si era avvicinata col viso al viso di lui, mugolando, e teneramente avevano accostato le loro labbra. Piccoli baci, piccole pressioni. Come un becchettio. Disegnavano due angoli acuti, l'un verso l'altro. Lei andava e veniva dalla cucina, portava piatti, toglieva piatti, e quando era restata a tavola, da sola, loro due si sfioravano con le labbra e parevano in una bolla che li isolasse dalla conversazione, dalla tovaglia verde, dalla pastiera napoletana. Un istante di lieve imbarazzo, un piccolo smarrimento, un capogiro. Ma tutto poi andava, riprendevano le parole. E, dopo un po', riprendeva anche il becchettio, stavolta in mezzo a un discorso che lei stava facendo. Proseguì, come fosse ovvio e facile. Lo sapeva fare. Sapeva da molto tempo sdoppiarsi nei momenti di emergenza.

Forse, dopotutto, il cassetto non era ben chiuso. E tutti gli anni ultimi, tutti gli anni senza carezze, ne erano usciti fuori di colpo, insieme. E parevano un esercito schierato. Non ci fu dolore, solo una presa d'atto. Atona, minerale, educata (come del resto aveva quasi sempre vissuto), dissimulò così bene la sorpresa che la nascose anche a sé stessa. Se non fosse stato per i pavoni non l'avrebbe capito. La sua era una sconfitta in una guerra che non era mai scoppiata. Si può perdere in tempo di pace? Fu solo allora, in quella stanza del Treré, affacciata alla finestra che dava sul giardino, che ripensò alle parole ardenti che il poeta le aveva mandato per mesi. Parole cariche di fuoco che parlavano del suo corpo desiderato, immaginato, denudato. A quale donna erano rivolte? Quale impulso le aveva svegliate? Solo ora, dopo l'inutile ruota da pavone del poeta e il becchettio con la sua sposa, lei misurava il vuoto. E sapeva che sarebbe continuato. Ancora una volta il giro del sole avrebbe traversato una primavera e avrebbe lasciato lei immacolata e gualcita, come un abito di seta provato e non indossato per una festa annullata.

Era scivolata, piano, negli anni, da un amore all'altro e la dolina era stata, nel tempo, sempre meno fonda e il dolore cicatrizzava più in fretta. Nuove parole finivano per prendere il posto di quelle che le venivano bruscamente sottratte e le giornate avrebbero ripreso a scorrere.

Quell'esercito di anni tutti uguali, senza carezze, dalla tavola da pranzo di piazza della Balduina era andato a raggiungerla sotto le colline di Faenza e le aveva teso un agguato lì, nella stanza *Amarcord d'un ross* dell'agriturismo Treré.

Monte Sorbo 1928

Ai bambini dovette sembrare un altro viaggio, dopo quello in corriera, anche perché la forza del sole era diminuita e la luce accennava al declino di una lunga e faticosa giornata. Procedevano lenti a dorso degli asini e questo conciliava un po' il sonno. La maestra, montata all'amazzone su un asino, portava davanti a sé i due figli più piccoli e li teneva con un unico abbraccio. L'asino li faceva dondolare e il figlio più piccolo s'era quasi assopito col dondolio.

Gli altri due erano a cavalcioni del secondo asino, tenuti con una mano forte dal contadino che per primo li aveva accolti. Un altro uomo del borgo portava le due valigie.

«Siamo arrivati signora maestra» disse l'uomo che portava le valigie e le posò a terra aiutando lei e i bambini a scendere dalla groppa degli asini.

La maestra e i figli erano partiti con la corriera a mezza mattina e il viaggio era stato lungo anche perché le fermate erano state tante. Qualcuno scendeva, altri salivano, carichi di fagotti legati con lo spago, con cesti pieni di frutta e ortaggi diretti a qualche mercato, una donna portava due galline vive in una gabbiola e il loro starnazzare aveva tenuto svegli i bambini che s'erano fino ad allora appisolati.

Verso l'ora di pranzo la maestra aveva dato ai figli panini con in mezzo una frittata. «Attenti a non macchiarvi» aveva raccomandato. Li aveva vestiti bene, con i pantaloncini corti, camiciole bianche e magliette di cotone.

Non era mancato il coraggio alla maestra che s'era decisa ad accettare la nomina a Monte Sorbo, un luogo distante, sconosciuto, e chiudere con la vita che aveva vissuto fin lì.

Un matrimonio combinato, lui ricco possidente, vivevano in una grande casa in città, in una condizione di agio, con molti domestici e personale vario. Avevano pure uno stalliere che si occupava dei due cavalli e del landò. Lei aveva rinunciato a voler utilizzare il diploma da maestra per dedicarsi ai quattro figli nati uno dopo l'altro a breve distanza. Poi una serie di investimenti sbagliati del marito ed era arrivato un tracollo economico. Come si dice dalle stelle alle stalle. Lei voleva riprendere a fare la maestra, lui sempre più incattivito dalla malasorte era divenuto imperioso e per temperamento e superbia glielo vietava urlando. Lei disubbidì e si separò generando scandalo per l'epoca, si era ai primi degli anni Trenta.

Non se ne curò.

Con i quattro figli e due valigie pesanti come macigni l'ultima settimana di settembre era salita su una corriera e per ore, lasciata la strada statale, s'era inoltrata per strade sconnesse nell'interno della provincia. Ignorava dove fosse Monte Sorbo, sapeva solo che era un borgo lontano dal mare, dalla città dove fino ad allora aveva vissuto. Le era stata assegnata quella sede e lei aveva accettato subito.

Mentre viaggiava pensava a quanto fosse vasta la sua provincia che, come del resto l'intera regione, comprendeva molto vicini mare e montagne altissime, le più alte dell'appennino centrale. Guardava fuori dal finestrino e a perdita d'occhio campi arati, case coloniche, vaste aree di bosco in lontananza e sui cigli della strada bocche di leone, erbe selvatiche. Riconobbe il crespigno. Se si chiama Monte Sorbo ci saranno alberi di sorbo, pensò, conosceva quel frutto aspro ma che una volta lasciato maturare diventa marrone ed è dolce come un fico.

La notizia del suo arrivo s'era diffusa a Monte Sorbo e all'arrivo sulla piazzetta trovò un gruppetto di paesani che le vennero incontro e si presentarono: un assessore comunale, l'ostetrica, un vicino di casa, il prete e la perpetua. La accompagnarono nella casa che le era stata destinata dall'amministrazione municipale. Aveva dato intanto un rapido sguardo al borgo che era tutto lì, intorno alla piazzetta, case, chiesa, qualche negozio, una fontana, un lavatoio. La sua dimora era poco più che un rudere, consisteva in un paio di stanze e una cucina. Acqua corrente zero, però c'era la corrente che illuminava le stanze con fioche lampadine pendenti al centro delle volte. Un lavabo col catino di ferro smaltato e due secchi colmi d'acqua nella camera da letto, in cucina altri due secchi d'acqua e sul tavolo una pagnotta di pane e un cestino di frutta. Un modo del paese di darle il benvenuto. Per i bisogni una porticina dava su un cesso di un metro per un metro.

Nulla la sgomentò. Lei fu grata a tutti e quando furono in quelle due stanze che sarebbero state la sua casa per un anno intero o forse più, rifletté sulla determinazione di lasciare il marito, il paese, la vita che era stata. Ma fu un pensiero fugace, non era pentita, anzi, assaporava un misto di libertà e di eccitazione. Libera, era libera dall'uomo sposato controvoglia e che pure aveva rispettato e servito. Ora doveva far cenare i bambini e poi metterli a dormire.

Si guardò di nuovo intorno. Un letto di ferro enorme con accanto due comodini di legno.

Sulla parete dietro la testata del letto un ritratto del Sacro Cuore incorniciato di scuro e un rametto di palma benedetta residuo della Pasqua precedente. Nel letto grande ci avrebbe dormito lei con due dei figli. Un altro, addossato a una parete, più piccolo, a una piazza e mezza. Ci avrebbe collocato gli altri due, in caso uno a capo e uno a piedi.

Dalla finestra aperta arrivava l'odore della sera insieme a quello di erba tagliata e stallatico, un'aria fina fina che sapeva di buono. Si fece il segno della croce e mormorò: «Che Dio mi aiuti!».

I bambini, intontiti dalle ore passate sulla corriera, stavano come soldatini stanchi e si guardavano intorno assonnati. E da una valigia aperta i due più grandi tiravano fuori i pigiami discutendo sui posti che avrebbero occupato nel letto.

Le ombre della sera stavano calando ma la maestra voleva vedere la scuola e così chiese ai paesani di accompagnarla. La cosa che meravigliò la maestra fu che i paesani prima di accompagnarla a vedere l'edificio scolastico avessero preso dalle case dei coperchi di latta. «Servono a far scappare i lupi» le comunicarono come se fosse una ovvietà. «Li portiamo per sicurezza ma i lupi ora non scendono, è d'inverno che si fanno vedere ma basta stare attenti e, semmai è necessario uscire di notte, far rumore con i coperchi, così scappano.»

La maestra ammutolì.

S'avviarono verso il bosco, il verde degli alberi si incupiva e tutt'intorno il mondo pareva primitivo e silenzioso. La scuola era isolata, immersa nel bosco ma poco distante da altre case dell'abitato, era una piccola costruzione quadrata, con un portone di legno sopraelevato da terra cui si accedeva da una breve scala fatta di pochi scalini di pietra. Il proprietario, un benestante di Monte Sorbo, lo affittava da anni al Comune senza fare alcun lavoro di manutenzione, sicché gli infissi delle finestre erano scrostati e grigi, l'intero terreno circostante appariva incolto e pieno di erbacce. Uno degli accompagnatori volle giustificare lo stato incolto dell'ingresso alla scuola e disse: «Ma poi, signora maestra, quando la scuola comincia noi facciamo una bella pulita». Era un contadino, forse il nonno di qualche scolaro. La maestra voleva entrare nell'edificio ma le chiavi le aveva il sindaco.

«Ci entriamo domani» la rassicurò una delle donne che la aveva accompagnata fin lì. E aggiunse: «Sono due stanze grandi, ci sono le cattedre, i banchi e le lavagne, c'è la pluriclasse. Prima seconda e terza in una, quarta e quinta nell'altra. Il signor direttore arriva domani e potrete parlare con lui. È un bravo maestro, lo abbiamo qui da anni e in genere prende sempre la classe di quarta e quinta».

«Ho il problema di sistemare i bambini più piccoli, gli altri due possono frequentare la terza e quarta. C'è un asilo qui a Monte Sorbo?»

«Non vi dovete preoccupare, li potete portare con voi, il maestro direttore ha fatto così pure con un'altra maestra, dà il permesso. Domani vi faccio conoscere Rosina che pulisce le aule, mette l'inchiostro nei calamai e per tutta la mattina sta lì, fa la maglia e se vi serve dà uno sguardo ai vostri bambini piccoli.» Si sentì tranquillizzata, i figli li avrebbe avuti sott'occhio sempre.

Tornata a casa la maestra trovò sul tavolo una pentola con una fumante minestra di farro che i vicini di casa le avevano portato. Era grata e commossa. Ringraziò tutti con un sorriso e capì che era stata accettata dalla comunità. Dopo aver fatto cenare i bambini li mise a letto e, finalmente, seduta su una sedia, davanti alla finestra spalancata, guardò il cielo tinto degli ultimi bagliori rossi del tramonto e, fattosi il segno della croce mormorò a sé stessa: «Ce la farò».

I bambini s'addormentarono subito ma a lei non riusciva, forse voleva restare sola e sveglia, nonostante la giornata lunga e faticosa. Ascoltava il respiro calmo dei figli e, alla luce della luna, ne vedeva i piccoli corpi e il profilo dei volti. Avvertiva una calma benefica, dolce, come quella notte di fine settembre che sapeva ancora d'estate. Aveva lasciato la finestra aperta perché l'aria tiepida entrasse nella stanza e intravvedeva il cupo disegno degli alberi. Infine il sonno la vinse e gli si abbandonò.

Sognò. Sognò un sogno bellissimo. Pareva fosse primavera perché era con i quattro figli in un prato pieno di tenera erba verde, c'erano siepi di biancospino e i bambini si rincorrevano giocando con una palla. Lei era sdraiata sotto l'ombra di un albero che forse era un sorbo e ogni tanto richiamava i figli perché non si allontanassero troppo. Intorno tanta borragine e crespigni. A un certo punto li raccoglieva tagliandoli alla base con un coltellino. Li metteva in una sacca pensando che ne avrebbe fatto una minestra. Il sole era alto e sfacciato e lei era leggera e felice.

La lettrice sul treno

Tre volte a settimana prendo, per lavoro, il treno urbano alla stazione Balduina e scendo a quella di Trastevere. Orari fissi. Incontro da mesi una giovane donna. È sul treno quando salgo, sempre nello stesso vagone. Non so da dove viene, forse sale a Bracciano perché è sempre seduta, cosa che nelle fermate di Roma è quasi impossibile. Quando arriviamo alla stazione di Trastevere lei prende come me il sottopassaggio ma io vado verso l'uscita, lei si posiziona sul binario del treno che porta a Fiumicino. Sarà un'impiegata dell'aeroporto? Un'insegnante? Non è una ragazzina quindi non va a scuola come alunna.

Sta lì, tra le fermate Balduina e Trastevere immersa sempre in un libro, lontana, assorta. Dal momento che sto in piedi posso sbirciare il libro che legge, a volte individuo la casa editrice, l'autore o poco più, perché in un nanosecondo, arrivati in stazione, chiude le pagine, infila il libro in borsa e scende.

So che non legge mai uno dei libri in classifica, deve amare la letteratura nordica perché spesso ha un libro di una casa editrice molto riconoscibile per il formato della pubblicazione.

La osservo in modo discreto, lei è dentro le pagine e non si accorge di nessuno sguardo, del chiacchiericcio tra i pendolari e neppure delle fermate del treno, è sintonizzata solo su quella dove sa di dover scendere.

È un autunno che sa di inverno, è sempre avvolta in sciarpe di lana e mentre legge le scosta dal collo, quasi a concentrarsi al massimo perché si curva leggermente in avanti, questo dopo la stazione di Valle Aurelia perché avverte che mancano pochi minuti alla sua fermata e vuole leggere più in fretta.

È capitato che per una settimana non l'abbia incontrata. Avrà cambiato vagone? No, perché a Trastevere non è scesa. Starà male e ha preso un congedo dal lavoro? Vive da sola? Non porta la vera, quindi non è sposata. Avrà genitori anziani cui provvedere? Forse un figlio?

Poi un giorno la ritrovo, seduta e assorta come sempre. I capelli, anziché sulle spalle, le arrivano all'altezza del collo, deve essere stata dal parrucchiere ma penso ci vada solo per il taglio perché emanano sempre un leggero sentore di mela e io a casa ho uno shampoo che dà lo stesso leggero profumo. Stavolta sta iniziando un libro che conosco, *Notte inquieta* di Albrecht Goes.

Le piacerà? È un libro breve, pacato e drammatico al tempo stesso, in quale momento della sua vita va a collocarsi questa *Notte inquieta*?

L'espressione è seria, forse ha freddo perché si stringe la sciarpa fino a metà volto. Sarà perché il libro inizia in una serata gelida e le arriva tutto quel freddo e quel vento?

La riservatezza mi impedisce di rivolgerle la parola, continuo solo a osservarla.

Un giorno guarda fuori dal finestrino durante tutte le fermate con uno sguardo che non guarda. È assorta in un pensiero, deve essere qualcosa che le fa male perché a un certo punto con la mano si asciuga un accenno di lacrime.

Mi dispiace, quale che sia il suo dolore mi dispiace per lei. Una che legge così tanto e sceglie libri di parole intense spero che abbia un amore, un uomo che ne colga la fattura di porcellana fine.

Le giornate in marzo si fanno più lunghe e la luce che entra dal finestrino mi permette di scorgere parte del suo volto. Ha un profilo delicato, labbra sottili che mordicchia ogni tanto. Non conosco il colore degli occhi perché non alza mai il volto. La sua fronte è ampia, coperta da un ciuffo ribelle di capelli castano chiari che lei ogni tanto porta dietro l'orecchio. Ha sul lobo un orecchino piccolissimo, una minuscola perla.

A metà marzo legge Kent Haruf, *Canto della pianura,* sono certa che le piacerà e spero legga tutta la trilogia, dopotutto aprile è davanti a noi, ci sono le vacanze di Pasqua. Ho avuto ragione, la vedrò con *Crepuscolo* e *Benedizione*.

A maggio inoltrato Roma è già piena di una luce sonora, inizia a far caldo e sul treno affollato in certi giorni hanno avviato l'aria condizionata.

Lei veste abiti leggeri, un cardigan di lana sottile e pantaloni jeans. È alle prese con *Stoner*, un libro che ho letto e amato, e mi meraviglio che da acuta lettrice lo abbia solo ora tra le mani. Mi chiedo come sarà la sua vita, troverà nella mansueta regolarità della vita di Stoner qualcosa che somigli alla sua?

Con la primavera esplosa le sciarpe sono scomparse, sostituite da foulard leggeri, è abituata, si vede, a sentire qualcosa di morbido intorno al collo.

In giugno sta leggendo *Un'eredità d'avorio e d'ambra*, è all'inizio e penso che la vedrò per più volte con quel libro abbastanza ricco di pagine. Ma è lettrice vorace perché dopo pochi giorni lo finisce lì, sul treno. Chiude il libro a Valle Aurelia, si appoggia allo schienale come a riposare, gli occhi chiusi, forse la storia l'ha coinvolta molto. Poi apre gli occhi ed è come se tornasse da un luogo lontano, di indicibile bellezza. Sarà il Giappone o forse Parigi o la Odessa dove iniziò la storia della famiglia Ephrussi?

Chissà dove andrà in vacanza! Se vive a Bracciano ha il lago che ben conosco, ma forse farà anche un piccolo viaggio. Mi piacerebbe andasse in Irlanda, chissà perché! A ogni modo il lago ombroso di alberi che lo circondano, con piccole spiagge attrezzate, le sta a pennello, c'è quiete, una buona dose di silenzio e potrà dimenticare per qualche tempo le alzate antelucane per prendere il treno delle sette.

A metà luglio sento che stiamo per salutarci, ovviamente lei non lo sa, sarò io a salutarla perché parto per un convegno del Miur e poi vado nella mia casa del mare.

Penso che mi piacerebbe invitarla nella mia casa sull'Adriatico ma penserebbe che sono matta. Essere invitata da una sconosciuta è qualcosa di estremamente strano. Dovrei spiegarle che in realtà la conosco abbastanza, l'ho conosciuta attraverso i libri che ha scelto di leggere.

Un giorno alla stazione di Trastevere scendiamo e mi capita di urtarla con la mia borsa da lavoro.

«Scusi» le dico.

Lei mi sorride: «Niente! S'immagini!».

Per la prima volta sento la voce della mia lettrice sconosciuta. E ne vedo il viso. È molto graziosa, somiglia a una madonna del Pollaiolo. Io vado verso l'uscita, lei al binario per Fiumicino a proseguire la sua giornata e la sua vita.

Il mio nome è Sumeda

Il mio nome è Sumeda.

Il paese in cui sono nata e da dove sono arrivata ha un nome talmente lungo e per voi italiani difficile che a chi mi chiede da dove vengo dico, per semplificare, che vengo da Colombo, anche se Colombo è la capitale dello Sri Lanka e con i suoi palazzi alti e le strade e il traffico non somiglia per niente al mio piccolo paese.

Lì le case sono tutte a un piano e sono circondate da giardini e c'è una quantità di fiori e di verde e di alberi che anche qui a Roma non ho visto niente di simile. La mia casa ha due stanze e ci viviamo in sei, ma il giardino è grande, ci sono tre alberi di anacardi e due di papaya. Nel mio paese fa sempre caldo.

E di fronte c'è il mare, un mare bellissimo, il pesce da noi costa poco, mentre qui in Italia, a Roma, è caro.

Questa estate del 2009 sarà per me più dura e angosciante delle altre che l'hanno preceduta, da che sono in Italia. So che il governo italiano sta per approvare una legge che prevede sia reato la presenza di clandestini. Io sono clandestina, non ho il permesso di soggiorno. Vivo ogni momento con la paura addosso, paura di essere fermata da un poliziotto per il controllo dei documenti. Ho il passaporto, ma non ho il permesso di soggiorno. Sono arrivata a Roma nel 2006, dalla Germania. Era solo uno scalo, quello a Berlino, una tappa del lungo viaggio che era iniziato a Colombo. In Germania sono stata poche ore, ricordo un gran freddo, era inverno e la gente intorno a me parlava lingue che non capivo.

Ho subito proseguito per Roma. C'erano delle persone che avevano organizzato quel viaggio e che ho pagato, ho pagato molto. Sono stati più di quattromila euro e nei primi due anni ho messo da parte solo per togliermi il debito, sempre con l'angoscia di essere presa e rispedita a casa dove sarei tornata più povera di come ero partita.

Ho imparato subito un po' di italiano. Buongiorno. Come stai? Fa freddo. Cose così.

Parlo abbastanza bene l'inglese, nel mio paese sono andata a scuola e il mio paese era una colonia dell'Inghilterra, si chiamava Ceylon. In montagna ci sono molti campi coltivati con piante di tè, è l'unica ricchezza ma basta una stagione brutta perché il tè non sia buono e anche per gli abitanti dei monti arriva la miseria.

Ho ventotto anni ma ne mostro dieci di meno. Ho molti capelli neri, lunghi, li tengo legati per lavorare meglio. Solo la sera li sciolgo e se mi guardo allo specchio vedo che sono belli. Sono molto magra e non sto bene in salute, credo di essermi ammalata di paura e di nostalgia. Piango spesso e ho sempre mal di testa. Mia madre, che sento tutti i giorni per telefono, mi ha mandato tramite una persona del mio paese che rientrava in Italia, un olio indiano che la sera strofino sulle tempie e mi pare mi faccia sentire meglio.

C'è una signora italiana, abita alla Balduina, per cui lavoro due volte a settimana, è l'unica con cui parlo un po'. Vado da lei da più di un anno, parlo ancora poco l'italiano e all'inizio con questa signora ci capivamo a gesti e con qualche parola di inglese. Anche lei ha studiato inglese a scuola e le piace dirmi *Don't worry!* quando mi cade qualcosa dalle mani o cerco di pulire una macchia sul pavimento.

Con gli altri padroni non parlavo perché loro non mi parlavano o non erano a casa mentre lavoravo. Con questa signora invece parlo perché lei mi parla, e così adesso capisco molto di più l'italiano. Le ho insegnato a usare solo riso basmati per certe ricette, la curcuma, e il porro invece della cipolla. La signora mi paga bene, mi sorride quando arrivo e mi fa prendere un tè ogni volta che arrivo da lei e mi dà sempre un sacchetto di frutta quando vado via: mandarini d'inverno e pesche e albicocche d'estate.

Dice sempre che sono troppo magra e mi regala

biscotti e scatolette di tonno perché sa che noi in Sri Lanka facciamo le polpette di tonno. All'inizio mi vergognavo ma la signora ha insistito e ormai è un'abitudine. La signora si preoccupa della mia salute, soprattutto da quando un giorno sono svenuta per il forte mal di testa. Mi ha portato dalla sua dottoressa, che è una dottoressa che non vuole denunciare i clandestini come me. Si chiama dottoressa Stefania e mi ha visitato, mi ha mandato a fare delle analisi del sangue in un posto. In questo posto mi ha accompagnato la signora, era un *medical center* vicino San Pietro. Io sudavo di fronte a quei medici con i camici bianchi e a un certo punto ho iniziato a piangere e a dire piano: «*I fear, I fear*», ma la signora mi diceva: «Stai tranquilla, *be quiet,* ci sono io». E una donna col camice che stava scrivendo il mio nome su una scheda mi ha detto: «Tranquilla, noi non siamo la polizia. Devi stare tranquilla».

So che molti italiani non vogliono clandestini, pensano che siamo pericolosi, che rubiamo nelle loro case, che portiamo malattie. Perché pensino così non so. Noi in Sri Lanka non abbiamo paura dei bianchi dell'Europa o dell'America, anzi. Loro portano dollari ed euro e comprano le nostre papaye e si fanno cucire i *sari*. Penso che alcuni italiani non ci vogliono perché siamo poveri. Però noi facciamo i lavori che loro non fanno. Puliamo le case, facciamo le badanti. Allora perché non ci vogliono? Per fortuna ho incontrato italiani buoni come la dottoressa Stefania e la signora della Balduina. Però la paura mi è rimasta.

Non sono tranquilla e nemmeno la signora della Balduina è tranquilla. Ieri mi ha parlato della legge sui clandestini, potrebbe essere approvata a breve. Mi ha consigliato di stare attenta ai controlli. Io non prendo la metropolitana, lì i controlli sono possibili. Per strada cammino svelta, testa abbassata, guardo sempre se ci sono poliziotti in giro, se capita cambio strada e cammino molto, molto.

La signora mi ha detto di telefonarle subito se mi fermano. La signora sta facendo molte telefonate perché vuole sistemare la mia situazione ma credo sia difficile. Vivo in un appartamento di cinquanta metri quadri al Casaletto. Pago trecento euro al mese, siamo in sei, al padrone di casa vanno milleottocento euro in nero. Risparmio su tutto e ogni due mesi vado dalle parti di piazza Vittorio in una banca e mando dei soldi a mia madre. Se ho fatto bene i conti e non mi fermano i poliziotti nel 2010 dovrei aver mandato soldi sufficienti per togliere i debiti che la mia famiglia ha fatto perché nella mia casa ci pioveva dentro e le finestre avevano i vetri rotti. Per riparare il tetto e i vetri delle finestre mio padre ha chiesto dei soldi in banca che dobbiamo restituire con gli interessi.

Abbiamo provato a cercare un lavoro ma per pulire le stanze di un hotel per un giorno intero venivo pagata con un chilo di riso. Soldi no.

Questo hotel è di gente americana molto ricca e ci vengono in vacanza signore americane coi mariti e i figli. Sono gentili e mi danno la mancia quando partono ma sono pochi dollari e non bastano per ripagare il debito, così ho pensato di venire in Europa, dove mi avevano detto che c'è tanto lavoro.

Non vedo l'ora di tornare in Sri Lanka, di rivedere mia madre, il giardino, il mare. Speriamo che non mi trovino. Ho paura ma devo provare a resistere ancora per un anno. Ho fatto un conto: dovrei vedere ancora per un'altra estate le albicocche che mi fa trovare la signora della Balduina. Ancora un inverno di mandarini e poi, quando arrivano di nuovo le albicocche, tornerò a casa.

Ho un fidanzato che si chiama Prasat, la signora della Balduina lo conosce. È buono e mi vuole bene. Lui pure è clandestino e lavora sulla Cassia da certi signori molto ricchi che fanno sempre grandi cene e Prasat porta una giacca bianca, pantaloni neri e i guanti bianchi. Lui serve a tavola e va a messa la domenica perché è cristiano, mentre io sono induista, ma andiamo d'accordo, ci sposeremo presto.

Il mare non bagna Mantova

Lo so, non si dovrebbero avere particolari simpatie per un alunno, ma – lo confesso – mi sta capitando: in questi mesi ne amo di più ben tre. Mi assolvo da sola pensando che, dopotutto, insegno come volontaria. Non è una vera scuola con i registri, gli scrutini, le materie divise una per una. Lavoriamo in uno stanzone a piano terra, una specie di aula, in un centro diurno per rifugiati politici. Il compito è quello di prepararli all'esame di terza media, condizione indispensabile perché possano accedere a corsi di formazione regionali. Certo: noi insegnanti volontari siamo dei veri insegnanti, con tanto di titoli. In pensione da poco, come me, o giovani che si ritagliano delle ore per fare scuola con questi ragazzi, tutti giovanissimi, tutti afghani di etnia hazara.

Occhi a mandorla, nasi piccoli, capelli nerissimi e lisci, irti di gel, zainetti in spalla e incuranti del freddo, con dei giubbini inadatti all'inverno. Strofinano a lungo le scarpe sullo stuoino quando arrivano, sorridono, sono educati come giovani di un altro tempo. Penso che sono schegge d'Asia, bellissimi nei tratti mongoli, forse lontani discendenti dei guerrieri di Gengis Khan, chissà. Comunque etnia poco fortunata anche in patria. Hanno sempre dovuto sottostare ai pashtun.

L'italiano lo parlano, questo mi fa tirare un sospiro di sollievo, ma in quanto a scriverlo è cosa molto diversa. Mi sono munita di un dizionario italo-persiano e, con l'aiuto della translitterazione, riesco anch'io a pronunciare qualche parola in quella loro lingua lontana, parente stretta dell'iranico, con lievissime varianti. Si chiama – imparo – lingua dari.

Controllo ogni istinto protettivo e materno. Non amano parlare di sé, delle loro famiglie disperse o lasciate in Afghanistan. Mi adeguo. Saprò, col passare dei mesi, che sono discorsi troppo dolorosi.

Aspetto che siano loro, con i loro tempi, a dire.

Procedo a naso, in qualche modo dobbiamo fare lingua italiana, va bene tutto: conversazione, lettura, piccolo esercizio di scrittura. Preparo schede, mi munisco di testi per Italiano lingua 2, carte geografiche, lettere alfabetiche e numeri di legno colorato, con dei magneti perché si attacchino alla lavagna a comporre parole e quantità, come in un gioco.

Chiedo di riempire una scheda con i dati anagrafici. Scrivono le date di nascita, ma Zahid dice che non è sicuro sia proprio quella. Saprò in seguito che molto spesso quando un bambino viene al mondo la data di nascita viene appuntata a matita su una pagina del Corano, specie nei villaggi più isolati, e può capitare che la scritta sbiadisca, si cancelli, la famiglia si disperda e, con essa, la persona che ne conserva memoria.

Sull'atlante ripercorriamo il loro viaggio, anche per mostrare che Mantova non è sul mare, vicino Ancona, come è cocciutamente convinto Rahim.

Cerchiamo i luoghi che loro ricordano come tappe e, alla fine, viene fuori una rete di linee che puntano tutte verso Roma. Dunque: partiamo dalle montagne delle loro città e paesi e, con le teste chine sull'atlante, andiamo in cerca della tappa successiva. Quando l'abbiamo individuata c'è un dito che si poggia sul nome e lo segniamo. Ognuno di loro ha un pennarello di un colore diverso. Il rosso segue Khaled, attraverso l'Iran, a Zahedan, Esfahan, Tabriz, poi Istanbul, Atene, Patrasso, Ancona, Roma.

Il verde segna il viaggio di Rahim: Kerman, Teheran, Van – dove c'è un lago, non è il mare!, gli ripeto –, Mitilene, Patrasso, Ancona, Mantova, Roma.

Il giallo segna il viaggio di Zahid: cinque anni a Mashhad, poi non si ricorda i nomi dei posti e poi, come gli altri, Atene, Patrasso, Bari, Roma.

Non faccio troppe domande personali, annuso l'umore ma, poi, quasi distratta, finisco per chiedere. Vorrei sapere della loro vita passata e presente. Khaled più degli altri svicola. Ma oggi mi dice che di domenica gioca a pallone dalle parti di via Nomentana. Vengo a sapere che c'è una vera squadra nazionale afghana formatasi in esilio qui, in Italia. Sono dei gran giocatori di pallone.

Khaled è nato a Jaghori, nel distretto di Ghazni, gli piace *dizeniare* e vuole fare il *carozere*. Un giorno mi ha parlato di aquile addomesticate e ammaestrate – saranno falconi?, mi sono chiesta – e poi di orsi. Lui questi animali li vedeva spesso, li conosceva. Così come la neve, tanta, non come a Roma che non c'è. E ricorda le more di rovo in estate. Chiedo l'età della madre, Mariam. Risponde che non lo sa, pensa cinquanta o sessanta.

Zahid era piccolo quando è partito, aveva solo nove anni. Per cinque anni è rimasto stanziale in Iran, nel *matatoio di pollo*, per mettere da parte i soldi e pagarsi il grosso del viaggio. Nei primi due addetto solo ai lavori di fatica e pulizia del mattatoio, poi promosso a decapitatore di polli. Era sufficientemente in grado di manovrare la piccola accetta senza farsi male. Ricorda quelle lunghe notti di lavoro. Chiedo perché lavorare di notte. Pollo si fa prendere meglio, risponde. E i Tir enormi, sempre in ore buie, arrivavano a caricare. Gli piace camminare di notte e non ha paura. Tutti e tre ridono quando chiedo perché non hanno paura. Avevano paura solo lì, in Afghanistan, rispondono. Nemmeno in viaggio ne hanno avuta. Troppo accesi i sensi per lasciarsi andare, troppo attenti a sopravvivere.

Siamo arrivati a maggio.

Rahim non ne può più del centro di accoglienza. Deve uscire alle nove e trovare da fare, stare, ripararsi, per una lunghissima giornata. Rahim, sui documenti, porta il cognome Ghulam. Ma lui dice di chiamarsi Rahim Akbari. Ghulam è solo il secondo nome di battesimo, ma il poliziotto di *Crutone* era nervoso e quando lui aveva provato a spiegare l'errore s'era innervosito ancora di più e allora aveva detto ok, ok, va bene anche Ghulam. Ma, ci tiene a dirlo, lui si chiama Akbari. Rahim scrive con grafia inclinata, ordinata, armoniosa. Non spreca neanche mezza pagina di quaderno. Quando ha finito un esercizio tira una linea col pennarello rosso e procede.

Lui, dei tre, è l'unico che ha frequentato davvero una scuola in Afghanistan, per quattro anni, una scuola coranica. Zahid nemmeno quella, solo quattro mesi, ma il prete – come lui traduce il ruolo del *mullah* – era cattivo, lui indisciplinato e così lo puniva e lui scappava.

È il ventitré maggio, Zahid compie diciotto anni,

l'ultimo passato con i suoi è stato dieci anni fa. Poi la madre l'ha affidato a un lontano parente e l'ha spedito in Iran. Lì è rimasto cinque anni a lavorare nel *matatoio di pollo* e poi è iniziato il suo viaggio, uguale a quello degli altri: Turchia, Grecia, Italia.

Oggi abbiamo studiato gli avverbi. Tutto bene, anche perché mi ero preparata con esempi in dari: *dir* (tardi), *zud* (presto), *aghlab* (spesso), *kafi* (basta).

Oggi abbiamo studiato i verbi. Con l'aiuto del dizionario abbiamo coniugato il presente di essere e avere: *budan* e *dashtan*. Abbiamo parlato della costruzione della frase. Dico loro che anche gli antichi romani usavano il verbo in fine di frase, oltre che non usare l'articolo. Faccio questa precisazione come fosse una confidenza, la dico come una cosa che ci unisce: il latino e il dari.

Mariam mater mea est = *Mariam madar mal-e man hast* = Mariam è mia madre.

I mesi dell'anno da voi sono conteggiati un po' diversamente, il vostro capodanno è il ventuno marzo, coincide con l'equinozio di primavera, *nouruz*. Seguite il cammino del sole.

Avete fatto progressi e scrivete un po' meglio, ma su certe cose non c'è verso di correggervi. Penso alla rivoluzione che avete dovuto portare già nello scrivere da sinistra a destra anziché da destra a sinistra. E il resto: non ci sono articoli determinativi nella vostra lingua, non ci sono i generi e infine i nuovi segni grafici da imparare. Non ci sono vocali scritte (credo che si intendano attraverso i puntini ma non sono sicura) e perciò l'errore più comune che fate è toglierle anche in italiano: *orgnezr* sta per organizzare; *dizgnare* sta per disegnare. Usate molto la "u" e la "z". Mi sono fatta scrivere il mio nome in dari, lo rileggo, lo guardo, sono dei riccioli rabescati, due, con qualche puntino in alto e in basso.

Oggi ripassiamo l'Italia fisica e politica. Della geografia sanno e non sanno. Si orientano sul vissuto e quindi in Italia il sud è *Crutone,* il nord è Mantova, per fortuna ci sono le squadre di calcio che ci aiutano a individuare tante città. Del resto anch'io ho imparato che in Afghanistan Mazar el Sharif è a nord-ovest e Ghazni e Daikundi sono province centrali.

I nomi dei vostri genitori: Juma e Mariam; Ranzan e Zeba; Ismail e Ara; e dei fratelli: Zahid, Habib, Zara, Afshan, Alì.

I padri assenti, anche nei ricordi. Troppo piccoli per ricordarli. Se chiedo di loro rispondono "morto". Mi pare di capire che sia il padre di Khaled che di Zahid lavorassero, in un qualche modo, per o con gli americani. Morto come?, chiedo. Attentato, bomba, rispondono.

Non è tornato, dice Rahim del suo, forse morto e lo dice come dicesse forse domani piove. Lui, la madre e i fratelli sono scappati da Daikundi. Lui subito in Iran e poi l'avventura per arrivare in Italia, il fratello è restato in Iran – si sentono per telefono – la madre e la sorella sono a Mazar el Sharif che è nel nord. Non ci sono tanti taleban, dicono.

Khaled oggi mi ha portato un disegno in regalo: un fiore gonfio di petali rosa che pare una peonia, o è forse un papavero da oppio? Chiedo se conosce i papaveri, sì, certo che conosce i campi rigogliosi colorati d'un rosa antico. No, non ha avuto a che fare con le coltivazioni di papaveri da oppio ma ce ne sono tante intorno a Jaghori. Sul disegno chiedo una firma. Scrive una dedica: *alla maiestra Giolia da (from) Khaled Rahimi.*

Siamo a giugno, dobbiamo rivedere la geografia. No, Mantova non è sul mare, credevo fosse chiaro. Ma tu, Rahim, hai bussato alle porte del Tir perché ti stavi congelando tra i limoni nella cella frigorifera dove, per mille euro, un trafficante t'aveva fatto salire a Patrasso e il camionista t'aveva sentito e s'era diretto dai carabinieri. Era sì la stazione dei carabinieri di Mantova, ma eri sbarcato ad Ancona, avevi percorso molti chilometri, forse t'eri assopito, non ricordi, ma il mare l'avevi lasciato da un pezzo.

Non sei convinto. Torno a mostrarti Mantova su una cartina geografica.

Anche lì, Rahim, in Turchia, a Van, non c'è il mare. Van è un lago. Mancava un altro lungo pezzo di strada prima di arrivare al mare vero. Khaled dice che anche lui ha viaggiato nascosto in un Tir ma era un carico di computer, non faceva troppo freddo.

Vi amo, ragazzi, pietre scartate dalla vita e dalla storia, alla ricerca di un posto per mettere radici e ridiventare famiglia e casa. Qui? In Italia? Con questa Italia? Intanto siamo insieme, continuiamo a studiare. Il resto: *Inshallah*!

Signor giudice

Signor giudice, mi creda, non prevedevo di reagire così. Sono una persona calma, controllata. A volte fin troppo. Certo, ogni tanto ho anch'io uno scatto d'impazienza o d'ira, ma se proprio non riesco a trattenerlo me ne scuso subito.

Sono una donna tranquilla, la mia vita è ordinata e semplice. Da ragazzina mi dicevano tutti che sembravo già una donna, una con la testa sulle spalle.

Sono la più grande di tre figli e mio fratello, l'ultimo, è nato che ero già in terza media e praticamente l'ho allevato io. Lo portavo ai giardinetti, gli preparavo la merenda, e poi quando gli venne l'intolleranza al glutine ero io che mi occupavo della sua dieta speciale.

Anche in casa ho sempre aiutato, benché avessimo una specie di cameriera. Chieda pure in giro, le diranno tutti quanto sono stata sempre un tipo tranquillo e obbediente, sempre promossa a scuola e sempre con buoni voti.

Al terzo liceo vinsi pure un premio per il miglior tema sulla importanza del Risorgimento.

Ho ancora in casa il libro che ebbi in regalo dal

preside, in una premiazione che avvenne davanti a tutta la classe e io ero emozionata, felice e compunta mentre lui diceva non ricordo bene cosa, ma parole di elogio e di valore dello studio e del Risorgimento e di amore per la Patria.

Il libro si chiamava *La favola storica di Benozzo Gozzoli.*

Tanti anni dopo li ho visti davvero i dipinti di Benozzo Gozzoli a Palazzo Medici-Riccardi. Prima d'allora non ero mai stata a Firenze, praticamente non ero mai uscita dal paese se si esclude la gita scolastica della terza media a San Marino-Gradara-Urbino e poi quella del terzo liceo a Portofino-Rapallo-Nizza.

Con mio marito – l'ho sposato che avevo vent'anni – qualche viaggetto lo facevamo, almeno nei primi tempi. Sempre con i soldi contati, ma ogni tanto qualche gitarella di due o tre giorni ce la concedevamo. Poi sono venuti i figli e non ci siamo mossi più.

Sa com'è con i ragazzini: una volta aveva la febbre uno, una volta la pertosse l'altro, poi tutte le malattie esantematiche, insomma, i soldi erano pochi, noi sempre stanchi, le giornate tutto un correre e un affanno. Non era facile fare programmi, così, piano piano, senza accorgercene ci siamo trovati a condurre una vita coi giorni tutti uguali.

La sera mi addormentavo davanti alla televisione

e certe volte mi veniva la malinconia pensando a tutte le città belle che ci sono in Italia e che non conoscevo.

Ho sempre desiderato visitare certe città. Modena, Ferrara, Parma, sempre per restare in Italia. Però fantasticavo anche di Praga e Karlovy Vary. Ho comprato per anni riviste di viaggi e mi divertivo a studiare le piante delle città sconosciute sulla carta del Touring.

Ma forse sto divagando. Voglio però dirle tutte queste cose per farle capire che io sono una persona che s'è sempre accontentata di quello che aveva, anche se il desiderio di uscire un po' fuori, di andare lontano, c'era, non lo nascondo.

Ma mio marito non era responsabile di quel filo di noia che c'era nelle nostre giornate. Anche lui, dopotutto, era tutto casa-ufficio, ufficio-casa.

S'è sempre ricordato dei miei compleanni e siccome non ha molta fantasia mi ha sempre regalato dei soldi. «Facci quello che vuoi» mi diceva.

In città ci sono sempre tante belle mostre e ogni tanto gli chiedevo, la domenica mattina, di andare a vederne qualcuna, ma in genere mi rispondeva che doveva lavare la macchina o che aveva delle pratiche che s'era portato a casa dall'ufficio. È un lavoratore incredibile, fossero tutti come lui! Mai un giorno di malattia, per anni. Non parliamo poi delle ferie. S'è sempre perduto ogni anno almeno una settimana, se non dieci giorni dei trenta lavorativi che gli spettavano. Lavorava fino a ferragosto e al massimo il 30 o il 31 si tornava in città.

C'erano poi due o tre giorni per Natale e l'anno se ne andava così.

I figli sono cresciuti, adesso uno vive a Milano e lavora, grazie a Dio, ha un ottimo posto di lavoro.

L'altro si laurea quest'anno ma vive più a casa della fidanzata che da noi. Del resto, si sa, chi ha figli maschi un po' li perde. L'avrei voluta tanto una femmina, ma non è venuta. Che vuol farci, si vede che non era destino.

Sto divagando di nuovo, ma vede, è per dirle che nella nostra vita tutto andava bene e scorreva tranquillo.

Non so capire che m'ha preso l'altra sera. Io soffro un po' d'insonnia da qualche anno e così ho ripreso a ricamare a punto croce. Mi rilassa. Con i ferri non sono mai stata granché. Sbaglio i conti, mi vengono le maniche dei golf una più lunga e una più corta e anziché rilassarmi i lavori a maglia mi innervosiscono. Il ricamo no, mi piace.

Da ragazza, in paese, durante l'estate andavo tutti i pomeriggi dalle suore. Avevano un grande laboratorio e lì ho imparato a ricamare. Cose semplici all'inizio: punt'erba, punto catenella. Poi sono passata ai punti più difficili: il punto nodi, il punt'ombra.

Ho ricamato una intera tovaglia di bisso con spighe di grano a punto pieno e punto raso.

Ho un corredo d'altri tempi, tutto a due dozzine.

Stavo dicendo, dunque, che ho ripreso a ricamare. Il punto croce è facile e dà soddisfazione, cresce in fretta. Ho fatto tovagliette e centrini, presine e bordi per asciugamani. E così tiravo tardi, in salotto, con la mia tela Aida e le matassine colorate.

Il vizio di spegnermi la luce mio marito l'ha sempre avuto. È un gran risparmiatore e, giustamente, sta attento agli sprechi. Non vuole la luce accesa nelle stanze dove non c'è nessuno o nei corridoi.

A volte mi seccavo un po' di questa sua attenzione perché ci sono momenti in cui devo fare una cosa in soggiorno e non sto a pensare di spegnere la luce in cucina se so che dopo un po' ci torno. Ma abbiamo avuto sempre e solo piccole discussioni per questo, niente di serio. Solo che adesso che è in pensione lui sta molto più in casa e allora mi controlla di più la luce accesa. Prima, quando tornava dall'ufficio, passando nel corridoio, mentre si dirigeva verso la cucina, allungava un braccio per spegnere in salotto e magari c'ero io che stavo sfogliando una rivista prima di cena.

Mi venivano i nervi ma lui, giustamente, mi rispondeva: «Che ne sapevo che c'eri tu? Ho visto la luce in cucina, dunque quella del salotto a che serviva?».

Aveva ragione, lo riconosco, ma ero sempre così distratta che dimenticavo di spegnere in cucina prima di accomodarmi in poltrona.

Ma arriviamo all'altra sera.

Io stavo ricamando un centrino per i consuoceri, lo voglio regalare per Natale. Ci sono agrifogli e fiocchi rossi, sta venendo proprio bene. Lui era andato a dormire e io, anziché tenere accesa la lampada del tavolino vicino al quale ricamo, ho acceso il lampadario centrale, quello con le luci forti. C'era un punto nel mazzo di agrifogli che era un po' intricato per via che ha tre diverse tonalità di verde e solo con la lampada del tavolino non distinguevo bene i verdi. Lui si deve essere svegliato per qualche ragione, non so. L'ho visto comparire sulla porta che era accostata. Lui l'ha socchiusa, appena un po', poi ha infilato un braccio nel varco e ha spento la luce.

Sono rimasta al buio completo, senza una parola. Lui è tornato a letto.

Quando sono entrata in camera già dormiva di nuovo.

Non so cosa mi abbia preso, ma è successo in un istante.

Ho preso il soprammobile che sta sul comò, quello di bronzo, e gliel'ho dato in testa.

Non l'ho preso in pieno e mi dicono che la ferita al cranio è guaribile, anche se profonda.

La storia del tentativo di furto l'ha tirata fuori mio figlio.

«Mamma, ma ti rendi conto che puoi finire in galera per tentato omicidio? Vuoi finire sui giornali?» Io ero spaventata, ho lasciato fare tutto a lui, anche con la polizia. Del resto ero così sconvolta che volevano trattenermi in ospedale ma ho firmato e sono tornata a casa. L'iniezione di Valium mi ha fatto effetto e ho dormito a lungo.

Giacché adesso sono qui e le ho detto tante cose, le racconto pure il sogno che ho fatto.

È stato un sogno strano. Forse tutti i sogni sono strani, ma io non li ricordo mai. Questo non solo me lo ricordo, ma era così strano che mi ha svegliato.

Non era chiaro dove fossi e con chi, ma a un certo punto io mi mettevo a gridare, con una voce forte, ero diventata tutta un urlo e mi battevo il petto con i pugni, con colpi serrati, violenti, ritmici e il mio petto era una chitarra, proprio una chitarra con un buco al centro, e io, sempre battendomi gridavo: «Sono vuota! Sono vuota! Non ho più latte! Non posso più allattare!». Mi sono svegliata col cuore in gola. So che i sogni sono solo delle sciocchezze ma questo sogno qui mi ha proprio lasciata stralunata.

Adesso io la ringrazio per avermi ascoltata tanto a lungo, con tanta pazienza. Lei è un giudice, deve fare il suo dovere. Se sarò incriminata vuol dire che la giustizia deve fare il suo corso così.

Ma mi dica, la prego, mi dica qual è stata la mia colpa e la mia follia.

Un mestiere da pazzi

Mi chiamo Anna Maria e da molti anni sono in pensione, sono stata insegnante di Lettere e devo dire che ho amato il mio lavoro anche se spesso ho avuto voglia di vivere in un paese dove è possibile avere un anno sabbatico. L'usura quotidiana con gli anni logora. L'altra settimana, all'entrata della fermata Cipro della metropolitana, m'è sembrato di vedere una ex alunna, una di cui ricordo bene la storia, difficile. L'ho riconosciuta dal portamento, un po' curva in avanti, i capelli tenuti con un cerchietto. Non si usano più e lei li portava sempre. Avrei voluto chiamarla ma lei andava di corsa, ho temporeggiato e nel frattempo aveva percorso le scale ed era scomparsa.

Ma i ricordi sono affiorati, tutti insieme, nitidi, come fossero del giorno avanti.

L'alunna Deiana non era mia alunna quando sentii pronunciare per la prima volta il suo nome.

I servizi sociali del comune di Roma seguivano Deiana nella persona fisica della dottoressa P. e, in pieno agosto, cercavano una classe a cui iscriverla nel mio istituto.

In una città semideserta, in una scuola semideserta, con un caldo allucinante, la mia amica e collega professoressa A. svolgeva il turno di lavoro come collaboratrice di presidenza.

Nella calura inquietante di un giorno di mezzo agosto si era presentata la dottoressa P., aveva immediatamente conferito con la professoressa A. e quest'ultima, dopo aver acquisito tragiche informazioni sulla candidata allieva Deiana, aveva pensato alla classe prima A che avrei gestito nell'anno scolastico entrante.

Mi telefonò: «Sai, c'è un caso difficile, tu ne hai avuti tanti, il consiglio di classe è importantissimo, poi quest'anno sei pure coordinatrice. La mettiamo da te». Io sì, sono abituata ai casi difficili, non lo nego, ma negli anni le mie forze scemavano, mi pareva che tutti i ragazzi fossero casi difficili. Mi sentii in colpa per la leggera esitazione, mi precipitai a dire: «Sì, sì, fate un po' voi».

«La dottoressa P. vorrebbe un incontro al più presto.» L'incontro venne fissato per il 4 settembre. Un avviso tipo tatzebao in sala professori invitava tutti i docenti del consiglio di classe della prima A.

All'ora giusta, il giorno giusto, eravamo in tre: io, la collega di francese, il professore di inglese che però andava di corsa perché aveva una visita medica. Rimanemmo in due con la dottoressa P. Decisi di essere molto professionale, di non lasciarmi coinvolgere nelle tragedie della aspirante allieva Deiana, quali che fossero. La gamma è infinita.

Ascoltavo.

Deiana veniva da un anno di quarto ginnasio, era stata bocciata ma negli ultimi mesi non frequentava più. Era stata una ragazzina "normale" fino alla seconda media, poi la sua mente si era scomposta. La dottoressa P. e altri suoi colleghi stavano aiutando Deiana, la madre e il padre, a rimettere a posto i pezzi esplosi.

La dottoressa dava le seguenti informazioni: «Deiana non parla, se richiesta di farlo balbetta e non si capisce quel che dice, rigida nella postura, in classe sta per tutte le ore senza mai togliersi la giacca, il cappotto, le sciarpe con cui è arrivata. Non si alza dal banco mai, nemmeno all'intervallo. Non va neppure in bagno. Sta in silenzio, composta, ascolta il professore che spiega, è buonissima. Come una pianta.» A qualche domanda più precisa ha risposto: «Sì, ha mostrato qualche istinto suicidario, ma adesso è sotto controllo. Non dovrebbe ripetersi. Sì, all'intervallo mangia qualcosa, un panino, dei crakers portati da casa. No, non si alza neppure per gettare le carte nel cestino. Non butta niente, nemmeno il legno delle matite temperate. Mette tutto dentro lo zaino. Sì, usa le matite, solo matite per scrivere, così può cancellare con la gomma. No, non prende appunti, non sembra perlomeno, scrive le cose che le vengono in mente e, dunque, senza un senso apparente. No, non ha un deficit mentale, anzi, è intelligente e sensibile. Sì, viene accompagnata e ripresa, basta lasciarla all'uscita vicino al banco della custode se la madre non è arrivata. In bagno? Sì, in teoria può succedere che abbia bisogno ma non ci va. Certo, può succedere che se la faccia addosso». A tal proposito la dottoressa P. non sa che dire, vedremo noi al momento, ci regoleremo lì per lì. Lo sa, capisce che non è un caso facile. Ce la sentiamo?

Incontrai Deiana dieci giorni dopo. Occhi chiari come polle d'acqua, uno sguardo da agnello sacrificale, un viso da madonna. Un cerchietto le teneva indietro i capelli lunghi e stava davanti a me, mi guardava ma era lontana. Quanto era lontana?

Iniziò l'anno scolastico. Tre classi, cinque programmazioni, tre ore di italiano e due di storia.

Ripassavo vorticosamente le lezioni di storia, quella del quarto anno è dura, tra Lutero e Cromwell. Pianificavo verifiche, questionari, una riunione dietro l'altra.

Incontravo Deiana tutti i giorni perché nella sua classe avevo il maggior numero di ore.

Ero soddisfatta di me: non mi stavo lasciando coinvolgere troppo, riuscivo a essere distaccata e professionale, non le mandavo segnali di accudimento particolari e controllavo la mia voglia di abbracciarla ogni tanto e di dirle che ce l'avrebbe fatta, ce la faremo. Lei era mite della mitezza di chi è lontana. Scriveva sempre con la matita, poi cancellava. Non si alzava dal banco e non usciva mai dalla classe. Io pregavo che non se la facesse mai sotto e, se proprio doveva succedere, che succedesse nelle mie ore perché mi era intollerabile l'idea della sua umiliazione gestita da altri che non fossi io.

Le compagne dopo un po' diventarono crudeli, con i colleghi facemmo quadrato intorno a lei per impedire scherzi cattivi. Gli scherzi arrivarono lo stesso.

Un giorno, durante l'intervallo, vidi che piangeva perché una compagna le aveva messo le mani nello zaino, le aveva sfilato le carte che avvolgevano il panino della colazione e le aveva buttate nel cestino.

Mi ci volle un po' per capire le ragioni del pianto, ma capii e in tono fermo dissi a De Marchis di non permettersi più di mettere le mani nello zaino di Deiana. Barbara De Marchis era una gaglioffa, quindici anni, tutta cosce di fuori, ombelico di fuori, piercing e un pettorale da velina, oltre a uno sguardo strafottente.

«Io credevo di aiutarla, le carte della merenda vanno buttate nel cestino» rispose con finta mitezza.

«Non c'è una regola. Tu pensa alle carte della tua merenda.»

«Ma, professoressa, è normale tenersi le carte nello zaino?»

Io sapevo che non era "normale", ma non era "normale" nemmeno che questa gaglioffa fingesse di essere gentile con Deiana mentre in realtà l'aveva presa di mira da tempo per sfotterla e tormentarla.

Mi scappò la pazienza e risposi: «Non ti preoccupare di cosa è normale e cosa non lo è. Decido io. Tu fatti i fatti tuoi e tieniti alla larga da Deiana, se ti ritrovo a occuparti di lei ti appiccico al muro».

De Marchis mi guardò con aria di sfida. Seppi subito che il giorno dopo, due al massimo, sarebbe venuta a scuola la madre e sarei stata convocata dalla preside per un colloquio con la signora De Marchis.

Che ci sia stata anche la gaglioffa De Marchis dietro il mio desiderio di fuga dalla scuola?

Due giorni dopo arrivò la signora De Marchis e venni convocata in presidenza.

La signora De Marchis avrebbe potuto fregiarsi ancora per poco del cognome De Marchis, se tutto fosse andato come il signor De Marchis auspicava, la sentenza di divorzio l'avrebbe resa l'ex signora De Marchis.

La signora era bionda ossigenata, piena di braccialetti d'oro che tintinnavano a ogni leggero scuotere le mani, sui quaranta ben portati, tacchi alti, foulard di Hermès. Era in lite furibonda col marito per via del divorzio chiesto da quest'ultimo il quale voleva risposarsi con la giovane convivente da cui, nel frattempo, aveva avuto un figlio.

La signora De Marchis mal si rassegnava agli eventi e soprattutto all'avarizia del marito che era disposto a concederle un assegno modestissimo, piangeva miseria mentre – a detta della signora – le tre pelliccerie di proprietà del De Marchis andavano a gonfie vele.

La figlia dei due separati e divorziandi era mia alunna da qualche mese. Dopo aver conosciuto padre e madre mi pareva di provare una specie di sentimento affettuoso per la proterva Barbara De Marchis, ciò nonostante la sua sfrontatezza ricacciava indietro ogni mio timido tentativo di giustificarne i comportamenti.

L'aspetto di Barbara l'ho già descritto, quello che è difficile descrivere è la sua furbizia, la sua perenne malafede, il desiderio che le riusciva di seminare discordia e stabilire torbide complicità con le compagne.

In classe si era autoeletta leader, camminava per i corridoi, durante l'intervallo, con un codazzo di amiche e radunava intorno a sé gli alunni maschi dell'istituto. Persino Cosimetti era stato folgorato da lei e le porte del bagno dei maschi recavano inni levati da Cosimetti in lode delle parti segrete della De Marchis. Alcune frasi facevano pensare al *Cantico dei Cantici,* altre a un postribolo. Tant'è. De Marchis era asina perché non studiava mai. In classe passava il tempo a spremersi i punti neri e a truccarsi e se qualcuno degli insegnanti la richiamava giurava che non stava facendo niente e piangeva pure a comando singhiozzando: «Tutti ce l'hanno con me».

Si divertiva a tagliuzzare con una lametta gli zaini delle compagne e i loro quaderni, rubava i cellulari, fumava nei cessi e aveva strappato le catenine dal collo di tre ragazzine della prima B.

Delegazioni di genitori, indagini della preside, riunioni straordinarie del consiglio di classe non avevano permesso di raccogliere uno straccio di prova.

Le ragazze che l'avevano accusata avevano ritrattato all'ultimo minuto, la lametta che le era stata sequestrata era sparita dal mio armadietto personale e, già che c'era, chi l'aveva sottratta aveva decorato il mio registro con epiteti come "stronza", "puttana", "ti spacco la faccia".

Ovvia la denuncia in questura, ovvia l'indignazione di tutti, ovvia la rabbia mia, meno ovvia la reazione della signora De Marchis che minacciò la preside di chiedere una ispezione su di me che perseguitavo la figlia innocente.

Decidemmo con la preside che avrei ritirato la denuncia ma avrebbe concordato con la questura un incontro in aula magna. Due poliziotte avrebbero svolto una lezione di Educazione civica spiegando agli studenti i tipi di reato in cui potevano incorrere – diffamazione, calunnia, violazione di atti d'ufficio (vedi i registri) e spazi loro interdetti (vedi lo sportello scassinato).

La signora De Marchis la incontrai in presidenza insieme alla Dirigente. Era scesa a più miti consigli dopo la lezione di Educazione civica svolta dalle poliziotte. Sostenne l'assoluta estraneità della figlia ai piccoli atti di vandalismo, assicurò che verso Deiana aveva voluto compiere un gesto di generosità rovistando nella cartella, con l'occasione ci comunicò che ottenuto il divorzio si sarebbe trasferita all'Eur in una casa messale a disposizione dell'ex marito e, pertanto, l'anno successivo la figlia avrebbe frequentato un altro istituto.

Io e la preside reprimemmo un moto di gioia.

«Posso avere il nulla osta per l'iscrizione?»

«Ma quando vuole, signora, la segreteria è a sua disposizione!» fece la preside.

Ci salutammo con una gentilezza formale. Deiana quell'anno fu promossa e proseguì il corso di studi migliorando molto, De Marchis si trasferì. E la vita continuò.

Il sogno di mia madre

Era un sonno pesante, un sonno del dopopranzo, nella controra. Una giornata caldissima di luglio e, dopo pranzo ero andata a sdraiarmi sul letto nella cameretta di mezzo, fresca, la leggera tenda di pizzo ondeggiava per un alito di vento creando una luce da acquario, mi vinse un gran sopore e fu un lungo sonno. E sognai.

Mi trovavo nel terrazzo della vecchia casa di un tempo, un terrazzo che era nostro una volta, pieno di vasi di felci e di asparagina, eravamo io e te, giovani, come avessimo la stessa età. Tu mi parlavi ma non ero attenta a quel che mi dicevi, la tua voce sempre di tono alto era invece morbida, come la luce che giocava con i teli aperti per dare ombra al terrazzo, ero così sorpresa di trovarmi con te. Anche il luogo era un po' strano, perché dalla porta finestra intravvedevo una specie di salone che non conoscevo, nel sogno sapevo che era un palazzo antico, pieno di stanze e corridoi e noi lì, sedute in terrazza, come fosse una cosa normale. Forse era una accesa primavera, c'era tanta luce fuori. Si vedeva il mare e l'ansa del fiume tra folte robinie.

«Mamma» ti dicevo, «ma che ci fai qui? Sei morta da tanto.»

«Mi hai chiamato tu. Vuoi dirmi qualcosa?»

«No, niente. Cosa potresti rispondermi se sei morta?»

«Ma sono qui, ti ascolto, ti parlo, dimmi pure.»

Ero, nel sogno, molto turbata, imbarazzata, come del resto sono stata sempre, per una vita, davanti a te. Attenta a non fare passi falsi, a non dire una parola sbagliata che potesse scatenare il tuo fastidio, il tuo sguardo disapprovante. Evitare lo sbaglio, questo mi ripetevo, ma ogni volta non sapevo quale potesse essere lo sbaglio. Però c'era sempre. Era raro che tu non mi riprendessi per qualcosa.

Tu però nel sogno eri diversa, rilassata, calma, accennavi persino a un sorriso, composta sulla poltroncina di vimini. Le sopracciglia distese, era scomparsa la crepa che, come un marchio, segnava sempre il tuo sguardo.

C'era un gran silenzio, eravamo sole, io però restavo rigida, incerta e diffidente su quell'incontro e sul fatto che tu fossi lì a parlare con me mentre sapevo benissimo che eri morta da anni.

«Vuoi chiedermi qualcosa?» ripetesti. Avevi l'età dei tuoi vent'anni, come nella foto che sta sul comò e dove i tuoi capelli di rame sono un'onda che accompagna un viso dai lineamenti perfetti. La ragazza più bella del paese.

Quella che la gente guardava un po' con disapprovazione perché fumava seduta al tavolino del caffè Esperia, un po' con invidia perché era bella, bella davvero, punto e basta. In paese non perdonavano né la bellezza né la giovinezza.

Anch'io avevo i miei vent'anni e non ero granché. Minuta, capelli ricci corvini, nulla del tuo chiarore era passato a me.

Continuavo a sentire incongrua tutta la situazione e allora ti ho detto: «Ma che ci facciamo qui? È una casa che nemmeno è nostra, solo il terrazzo è uguale perché ci sono i vasi di aspidistra e certe begonie che so di aver piantato io... Insomma, andiamo via. Non ti ho chiamato, c'è uno sbaglio».

Tu hai fatto la faccia seria e mi hai risposto: «Ma certe volte gli sbagli servono. Ormai siamo qui, parliamo».

Ho riflettuto un attimo e poi: «Mamma, dimmi, sono stata uno sbaglio?».

Tacevi e pensavi. Io allora ti ho incalzata: «Perché non mi hai amata? Queste sono le domande che non ti ho mai fatto. Ma ora sei morta. Lasciamo perdere».

Hai fatto un gran sospiro e poi mi hai detto: «No, non sei stata uno sbaglio. Ma in realtà non ti aspettavo, ero tanto giovane! Forse mi sentivo incapace di essere madre e così lo sbaglio sono stata io».

Eravamo così vicine che potevo sentire il tuo profumo speziato.

«Usi sempre quello?»

«Sì, sempre quello. Credi di potermi perdonare?»

Capii che quel sogno era solo un sogno e che stavo per svegliarmi e sarebbero scomparso il palazzo, l'odore di Mitsouko, il salotto e mia madre dei suoi vent'anni. E allora in un secondo e con furia ti ho detto: «Ti voglio bene, mi dispiace che tu sia morta. Ma forse tutto può essere compreso e perdonato».

Tu hai sorriso e poi mi sono svegliata.

Dalle cinque e mezza alle sei e venti

Si incontravano da anni, tre volte alla settimana, per lo spazio quasi di un'ora, nel pomeriggio, dalle cinque e mezza alle sei e venti.

Fu il 23 di dicembre di uno di quegli anni che accadde il fatto strano che sto per raccontare.

Lei arrivò puntuale come al solito, anzi, con quel leggero, ossessivo anticipo di cui generalmente si giustificava ma che era divenuta una consuetudine accettata, come era consuetudine che lui l'aspettasse in fondo al corridoio, sulla porta della stanza, e che una volta entrati lui spegnesse la luce lasciando acceso solo il lume sulla scrivania, oppure, con l'arrivo della bella stagione dosasse la luce esterna, sempre più violenta, con un sapiente gioco di apertura e chiusura della veneziana.

Poi sedeva in silenzio nella grande poltrona e lei si sdraiava sul lettino. Teneva con sé le sigarette e quasi sempre una sciarpa, un foulard o uno sciallet-to. Qualcosa comunque con cui far giocare le mani irrequiete o da sentire semplicemente vicino e morbido. Nei primi tempi lei consultava spesso l'orologio. A volte le sembrava che il tempo scorresse lentissimo, altre volte la coglieva di sorpresa il suono del campanello: era arrivata la persona che avrebbe abitato, dopo di lei, quella stanza, per l'ora successiva. In seguito imparò a sintonizzarsi con un suo orologio interno e non aveva bisogno di consultare quello al polso per capire che l'ora era trascorsa.

Quel giorno tutto sembrava come sempre, il rituale fu lo stesso.

A un certo punto avvertirono che l'ora era trascorsa ma, strano a dirsi, l'orologio di entrambi segnava solo le cinque e quarantacinque. Continuarono perciò a parlare e a tacere, e sembrò passato un altro lasso di tempo, ma l'orologio negava di nuovo questa impressione perché mancavano dieci minuti alle sei. Trovarono questo fatto curioso e divertente. Fecero pure qualche battuta scherzosa sul fatto che i loro incontri stavano invecchiando.

I rumori dalla strada arrivavano ovattati e regolari. Era il grande traffico di una grande via, di grande scorrimento, di una grande città. Un traffico regolare e continuo, di giorno e di notte.

Sdraiata sul lettino di giunco, l'uomo alle sue spalle in una poltrona, poteva guardare davanti a sé un quadro di cui conosceva ogni particolare. Raffigurava un bosco fitto di piante tropicali, un intrico di foglie e rami, solo verdi, ma tante tonalità di verde. Era un dipinto molto bello e molto misterioso. Più volte aveva chiesto se fosse una giungla, da dove provenisse il dipinto. Ma come sempre l'uomo le aveva risposto con una domanda: «Lei cosa ne pensa? Perché vuole sapere?». Ormai s'era abituata al fatto che alle sue domande non ci fossero risposte. Le risposte le dava lei a sé stessa. Una volta disse: «Non ho mai visto tale quantità di verdi», un'altra: «Forse è una foresta amazzonica, magari il pittore è stato lì. Sarà riuscito a ritrovare la via per uscirne?».

Il lume sulla scrivania continuava a spandere la stessa luce muta e la persona delle sei e mezza era ancora lontana. Tutto regolare, quindi, salvo quella leggera sensazione di perplessità e forse di inquietudine che si stava impadronendo di loro.

Nessuno dei due, del resto, poteva porre fine arbitrariamente a quell'incontro. E in che modo, poi? Dire, ad esempio: «Senta, quest'ora mi pare che non passi come le altre perciò se ne vada... me ne vado...»? Oppure: «Senta, il tempo forse si è fermato, dunque stabiliamo che l'ora è finita»?

Erano troppo ligi alle regole stabilite, troppo beneducati per parlarsi così. E anche troppo consapevoli del senso del loro stare insieme nei giorni dispari, dalle cinque e mezza alle sei e venti.

Forse lei si addormentò, a un certo punto, perché le sembrò, dopo, di ricordare che avessero camminato nell'appartamento vuoto, aperto tutte le ante del grande armadio a muro che stava nel corridoio, dato acqua alle piante e pure bevuto una intera bottiglia di Nebbiolo. E quest'ultima cosa non poteva proprio essere accaduta, assolutamente. La conversazione cessò e riprese più volte e ormai galleggiavano entrambi in questa condizione di irrealtà. L'orologio fu consultato dopo un silenzio, nello stesso momento, da tutti e due. Erano le sei e venti.

Si salutarono come sempre e, mentre lo facevano, lei si accorse che il viso dell'uomo mostrava segni di fatica, gli occhi erano arrossati, come di chi è stato a lungo sveglio.

La donna disse: «Grazie per la bottiglia di Nebbiolo». Non capì mai se aveva detto una cosa a vanvera, perché l'uomo rispose con naturalezza: «Prego, è bello bere in compagnia».

Quando uscì in strada l'aria fredda la fece rabbrividire. Si avvolse bene nello scialle e si avviò verso la fermata dell'autobus. Attese per un po' ma l'autobus non passava. Un camioncino stava scaricando delle ceste di latte davanti a un bar che aveva la saracinesca mezza abbassata. La donna ebbe voglia di un caffè e si avviò verso il bar-latteria, si curvò per passare sotto la saracinesca e all'uomo che puliva con uno straccio il banco chiese un caffè.

Quello le rispose gentilmente che avrebbe dovuto attendere un po' che la macchina si scaldasse. Nella mente della donna si fece largo una incredibile, sconcertante idea e chiese: «Ma che ore sono?». L'uomo rispose: «Le sei e trentacinque». D'accordo, anche il suo orologio faceva le sei e trentacinque. Poi lei chiese come mai l'autobus mettesse tanto a passare e la risposta fece sì che l'incredibile idea diventasse stupefatta certezza.

«Signora» disse l'uomo del bar, «il prossimo autobus passa un quarto alle sette. Le corse sono meno frequenti al mattino presto. E poi oggi, è la vigilia di Natale!».

Il lungo inverno

Quella mattina si svegliò piena di un umore nero, forse qualcosa nei sogni, forse un non sopito fastidio verso il fratello per la discussione avvenuta la sera precedente, ma era entrata in una giornata amara. Scese in cucina come al solito, bevve la sua tazza di latte e decise di uscire. Aveva bisogno di muoversi, di camminare, di stare all'aria aperta per sbollire quell'umor nero. Ma non passava.

Dalla parte più alta del sentiero lo sguardo abbracciava le campagne, il rosso degli alberi che si tingevano di autunno.

Respirò a pieni polmoni l'aria frizzante e pensò che il suo corpo era pieno di ira. Non voleva chiamare con altro nome la forza che le premeva dentro. Era ira.

Quel giorno arrivò l'inverno e quell'anno pareva proprio che l'inverno non dovesse finire più.

Si era in giugno ma continuava a piovere tutti i giorni ed era così freddo che tutti tenevano ancora nei letti le coperte di lana e vestivano abiti pesanti. La televisione e i giornali si erano occupati più volte di questo strano fenomeno e vecchi e giovani si erano trovati, una volta tanto, d'accordo nel sostenere che le stagioni erano proprio cambiate.

I meteorologi nei primi tempi invitavano la gente alla pazienza e alla calma, poi, pur non riuscendo a fornire spiegazioni convincenti, diedero quasi per certo che quell'anno non ci sarebbe stata l'estate. La gente era disperata e non si sentiva parlare d'altro che di questa improvvisa, inappellabile anomalia.

E se fosse durato per sempre? Lei non aveva nessuna reazione di fastidio. Anzi.

Un giorno le capitò di collegare quanto stava succedendo alla sua rabbia.

E quello che per tutti era un mistero e un incubo, per lei divenne chiaro e semplice.

Capitò per caso. Era sola nella sua stanza ed ebbe voglia di disegnare quel desiderio di urlare, di spaccare tutto, che da tempo sentiva così forte dentro di sé. Scelse i colori: grigio, rosso e blu.

Disegnò un cielo e una terra squassati dal vento e dalla pioggia e in lontananza un mare gonfio e sporco. Il disegno veniva bene. Ci mise pure degli alberi abbattuti e colorò di grigio e di blu alberi, nuvole, cielo, mare e terra. Il rosso lo diede a caso. Lunghi tratti.

Parevano ferite.

Sedeva proprio di fronte alla finestra e le fu abbastanza facile notare come quello che lei andava disegnando, nello stesso istante, si andasse realizzando fuori.

Provò ad aggiungere degli stracci neri trascinati in aria dal vento e un minuto dopo stracci neri turbinavano nel pezzo di cielo che le stava davanti. Capì d'un tratto che il tempo non era pazzo o cattivo, ma le era amico. Non voleva lasciarla sola con la sua rabbia. Avrebbe diviso con lei tutto quello che dentro le si agitava e, meglio ancora, siccome lei non riusciva in realtà a fare nulla di quelle cose terribili che pensava, né a spaccare oggetti, né a graffiare, né a urlare, allora lui lo avrebbe fatto per lei.

Avrebbe sradicato i pali della luce, fatto straripare i fiumi, reso oscuro il cielo anche in pieno giorno e gelide le notti.

Comprendere che tra la sua rabbia e il tempo correva il filo invisibile e potente della complicità, la riempì di gioia.

Fu tutto un lungo inverno, per anni, interrotto solo da brevi e illusorie schiarite.

I termosifoni restarono accesi anche in luglio e le vacanze estive sembrarono tante repliche di quelle invernali. Un lunghissimo Natale.

Poi, un giorno qualunque, la bambina capì che la sua rabbia era finita. Scelse l'arancio e il giallo per disegnare la fine del vento e del freddo.

La televisione quella sera trasmise, a reti unificate, un servizio speciale sulla fine di quello strano, lungo inverno.

Ottavia

I Greci la chiamavano Pandataria. Era uno schizzo di terra nella vastità del Tirreno, utile come scalo e appoggio per i naviganti. Augusto se ne era innamorato e lì aveva voluto per sé una casa degna di un principe per godere meritati riposi. La volle nel punto più a nord dell'isola, punta Eolo, un luogo di grande bellezza, a picco sul mare e accarezzato dai venti.

Era un'isola abbastanza vicina a Roma e, al tempo stesso, remota, silenziosa, disabitata.

Fu per questo che lo stesso Augusto aveva finito per sceglierla come luogo di esilio e prigionia. La prima a essere relegata a Ventotene fu Giulia, sua figlia.

Ma seguirono altre donne della famiglia imperiale considerate "scomode".

La volta di Ottavia fu in un mattino di giugno del 62 d. C. Dopo il lungo anno passato a Baia s'era illusa di poter essere semplicemente una sposa ripudiata, lontana da Roma, dalla corte. Del resto non le era consona la vita fino ad allora condotta. Uno strumento nelle mani della madre, Valeria Messalina, maritata contro ogni sua volontà a tredici anni col giovane Nerone, pure lui nelle mani potenti e abili di Agrippina.

Ottavia sentiva estraneità verso tutti gli uomini di corte e non le riusciva di amare la madre, non ne era certa ma si sussurrava che avesse fatto ricorso al veleno per la morte dell'imperatore Claudio. La strada e la scalata al potere erano compiuti. Nerone era il nuovo imperatore. Ottavia aveva cercato di essere una sposa docile e mite ma Nerone pareva rifuggire da lei. S'interrogava la sposa bambina: si chiedeva se fosse brutta, sgradita per il suo aspetto dimesso. Non vestiva tuniche sgargianti, non usava tingere gli occhi e le labbra, il suo sguardo era sempre quello di una cerbiatta impaurita.

Sul carro, mentre veniva portata verso la nave che l'aspettava in rada, osservava i campi che in quel giugno assolato erano un mare di colori. La giovane forse intuiva che in quel tripudio di luce e di caldo stava andando incontro alla morte. La fedele Elissa taceva e in cuor suo sentiva che qualcosa di terribile e ineluttabile stava per accadere. Cupi erano restati i suoi pensieri sulla nave che si avvicinava all'isola.

Vedeva sempre più chiaramente la costa rocciosa, vedeva il verde selvaggio che ne copriva la superficie ed erano sole, in balìa di uomini in armi che avevano ricevuto un ordine dall'imperatore.

Gli uccelli stridevano e, intorno, tanto silenzio.

Elissa aveva giurato fedeltà alla sua matrona e l'avrebbe accompagnata ovunque, anche in quel viaggio verso Pandataria, un'isola carica di storie funeste, dove temeva che il destino della giovane, augusta consorte dell'imperatore, si sarebbe compiuto.

Mentre la nave solcava le onde ricordava il giorno in cui, giunta schiava a Roma, era stata affidata alla corte di Messalina, madre di Claudia Ottavia.

A Pandataria il destino della giovane Ottavia si compì.

Le vene dei polsi le furono tagliate, il sangue usciva ma troppo lentamente. Ottavia, gli occhi chiusi, fu un agnello sacrificale e non si ribellò. Sapeva che era inutile.

Gli uomini dell'imperatore, per affrettarne la fine, la adagiarono in una vasca piena di acqua calda. Si tinse subito di rosso e Ottavia spirò.

Regali impossibili

Dal momento che il Natale era alle porte cominciò a pensare ai regali. Quell'anno voleva sceglierli con cura particolare, senza fretta. Ricordò che le avevano parlato di un posto dove si potevano trovare cose strane.

Non riusciva a mettere a fuoco chi lo avesse fatto, in quale occasione e in quali termini.

A ogni modo aveva una mattinata libera davanti a sé e, sorretta dalle poche, vaghe indicazioni che aveva, si avviò a cercare il posto. Non ricordava neppure il nome della strada ma sapeva che era in Prati. Scese dall'autobus e incominciò a cercare.

Camminava a caso per le strade alberate e tutte uguali. Arrivata a un incrocio si fermava incerta e poi, sempre a caso, piegava a destra o a sinistra. Non aveva fretta e la divertiva questa ricerca che molto probabilmente si sarebbe rivelata inutile.

A un certo punto si fermò davanti a un portone. Non aveva niente di particolare ma qualcosa la spinse a entrare. Salì al primo piano.

Sul pianerottolo tre porte: una di queste era socchiusa. Sporse il viso all'interno ma non vide nessuno. Non aveva l'aria di un negozio, anzi, a guardare bene era una vera casa. «Dio mio» pensò, «qui abita qualcuno. Che ci sto a fare?» Pensò che era assurda la situazione in cui si era cacciata.

Forse aveva solo sognato quelle vaghe indicazioni che l'avevano spinta fin lì. Stava per andarsene, e di corsa, quando dal fondo del lungo corridoio che partiva dall'ingresso le si fece incontro un uomo. Sorrideva e le disse: «Venga, si accomodi».

Rassicurata, anche lei gli sorrise e le sembrò logico e naturale dirgli che per quel Natale aveva bisogno di regali particolari. Non aveva idee precise.

Cercava, al tempo stesso, ispirazione e consiglio. L'uomo parlava con voce pacata e l'assicurò che l'avrebbe aiutata.

In silenzio la donna si aggirava per le stanze e guardava, sfiorava con le dita le cose, pensava. L'uomo si teneva a una distanza discreta. Lei gli era grata per il fatto che non la spingesse a scegliere subito, che non le mettesse fretta, che non parlasse. Fu lei a rompere il silenzio. Gli disse: «Senta, io le racconto le persone, lei mi aiuti a scegliere».

Sedettero di fronte e la donna parlò, a lungo, cercando di essere precisa. L'uomo ascoltava attento. Alla fine si alzarono e il primo oggetto scelto fu un carillon, a forma di giostra.

Azionato, la giostra girava con tutti i suoi piccolissimi, bianchi cavalli, al suono di una musica d'organino. Sarebbe stato il regalo di Natale per sua figlia.

Quella musica aveva un potere particolare che avrebbe agito solo su chi avesse ricevuto quel carillon in regalo. Assicurava per sempre la voglia di vivere. «Non difende dal dolore e dagli inganni» disse l'uomo, «ma fa in modo che non si pensi mai che vivere è una fatica senza senso.»

Un ventaglio rabescato di fili d'oro e d'argento a comporre pavoni e lune e uccelli del paradiso fu il secondo regalo che la donna scelse. Era per l'amica dalla voce stanca. Il ventaglio, preso in mano e agitato leggermente, avrebbe – sempre per magico potere – diradato l'aria ferma che l'amica sentiva da tanto intorno a sé e che la faceva respirare, sempre più spesso, a fatica.

L'aria avrebbe ripreso a muoversi e avrebbe giocato coi capelli e col viso. A volte calda come un fiato, altre un po' pungente, ma mai più sarebbe rimasta immobile.

Per l'uomo che non sognava mai la scelta fu più difficile. Aprì una porta e dietro di questa apparve un palcoscenico con una orchestra al completo, il direttore, le arpe, i primi violini… Musica gli avrebbe regalato e ogni notte i sogni dell'uomo si sarebbero popolati di adagi, allegri con brio, andanti con moto.

Su un tavolo c'era il progetto di una casa. L'uomo

le assicurò che, se le interessava, sarebbe stata pronta per il 25 mattina. E lei la scelse per l'amica che non riusciva mai a vivere per più di due anni nello stesso posto e che aveva bisogno di abbandonare le peregrinazioni e di mettere radici. La casa la volle col giardino, con le persiane, le stanze grandi e luminose e un solaio capiente per conservare le cose.

Per l'uomo che aveva molto amato, forse perché il primo amante è più del primo amore, scelse uno specchio. Bastava guardarcisi dentro perché sparisse di colpo la nebbia che gli si era insediata nello sguardo e, a volte più rada, a volte più fitta, gli faceva vedere quasi tutto sfocato e spento.

All'inizio s'era pensato a una improvvisa miopia ma a niente erano serviti gli occhiali. Poi un bravo dottore aveva detto che la nebbia nello sguardo non dipendeva da un difetto degli occhi, ma saliva dal cuore. Questo specchio aveva il potere di far tornare chiari gli sguardi dell'uomo amato tanto tempo prima.

Per la madre, senza dubbio, andavano bene degli orecchini. Due gocce di ametista incastonate nell'oro. Avevano il potere, solleticando il collo, di sciogliere il grumo di scontento che da sempre le stava dentro e che non l'aveva mai fatta ridere con gioia. La ruga tra le sopracciglia si sarebbe spianata e sarebbe diventata una mamma ridarella.

A questo punto l'uomo la avvertì che, purtroppo,

per quell'anno aveva quasi esaurito le possibilità di scelta.

Aveva già scelto sei regali impossibili ed erano sette e solo sette quelli che le era concesso prendere. Lei chiese perché e lui le rispose che sette erano i giorni della settimana, sette i vizi, sette le virtù e perciò sette anche i regali impossibili. Non le fu chiaro questo discorso ma accettò senza discutere.

Le restava dunque una sola scelta e non voleva rinunciare né a sé né ad altri, che pure amava. Pensò a lungo e poi scelse per sé.

Scelse una penna che – sempre per magico potere – assicurava che tutte le storie che le stavano in testa, confuse e fluttuanti, avrebbero trovato le parole per esistere.

E così poté fare altri regali, dei regali possibili. Regalò tante storie scritte da lei.

La prima è questa che fin qui ho raccontato.

Anna e i mesi è stato pubblicato nell'antologia *Il silenzio del falco* (Nino Aragno Editore, 2003).

Cantico per Yvonne fa parte dell'antologia *Notizie di Aligi* (Carabba Editore, 2009).

Agriturismo Treré si può trovare sul numero 90 della rivista «Tratti» (Mobydick, 2009).

Il mare non bagna Mantova è stato pubblicato sul numero 4 del 2012 della rivista «Scuola Democratica» (Guerini e Associati).

Il sogno di mia madre è apparso ne «L'Osservatore Romano» del 13 gennaio 2023.

Monte Sorbo 1928 è apparso ne «L'Osservatore Romano» del 1 marzo 2025.

Ringraziamenti

Ai Paoli, che con amorevolezza hanno cucito insieme questi racconti.

Stampato per conto della Galaad Edizioni
presso Digital Book srl, Città di Castello (PG)
nel mese di aprile 2025